# EL GALLO JOE Y EL ABUSÓN

## XAVIER GARZA

TRADUCCIÓN AL ESPAÑOL DE GABRIELA BAEZA VENTURA

PIÑATA BOOKS
ARTE PÚBLICO PRESS
HOUSTON, TEXAS

La publicación de *El Gallo Joe y el abusón* ha sido subvencionada en parte por la Ciudad de Houston a través del Houston Arts Alliance y Texas Commission on the Arts. Les agradecemos su apoyo.

*¡Piñata Books están llenos de sorpresas!*

Piñata Books
An imprint of
Arte Público Press
University of Houston
4902 Gulf Fwy, Bldg 19, Rm 100
Houston, Texas 77204-2004

Ilustraciones de Xavier Garza
Diseño de la portada de Mora Des!gn

Los datos de catalogación de la Biblioteca del Congreso están disponibles.

Impreso en los Estados Unidos de América
octubre 2016–noviembre 2016
United Graphics, LLC, Mattoon, IL
10 9 8 7 6 5 4 3 2 1

# ÍNDICE

## DEDICATORIA

*Le dedido este libro al artista, Joe Lopez, de San Antonio y a toda la comunidad artística de la Galería Gallista.*

# CAPÍTULO 1

# DIBUJAS MUY BIEN LOS GALLOS, JOE

—**D**ibujas muy bien los gallos, Joe —dice mi mejor amigo Gary al inclinarse hacia mí desde su silla para ver el dibujo que acabo de terminar para la clase de arte. Es un bosquejo de un gallo parado encima de una cerca de púas.

—Es sólo un bosquejo —le digo a Gary.

—Es un bosquejo bien suave. Especialmente si lo comparas con mi dibujo —dice mostrándome el bosquejo de un monito hecho con rayitas encima de una patineta exageradamente larga.

—No está tan mal —le digo.

—Sólo me dices eso porque soy tu mejor amigo —me dice con una sonrisa—. ¡Ambos sabemos que soy pésimo para dibujar!

—Tal vez si practicaras un poco más.

—Aunque cargara un cuaderno de dibujo a todos lados como tú, Joe —dice Gary haciendo referencia al hecho de que siempre llevo mi cuaderno de dibujo debajo del brazo y un lápiz en el bolsillo trasero del

pantalón. Nunca sabes cuándo se te puede ocurrir una idea, y quiero estar listo—. No soy tan talentoso como tú —agrega y continúa dándole vuelta a las hojas del cuaderno—. Gallos, gallos y más gallos. ¿Por qué te gusta tanto dibujar gallos, Joe?

Buena pregunta. ¿Por qué me gustan tanto los gallos?

—No lo sé. Tal vez porque lo primero que dibujé fue un gallo.

—¿Sí?

—Lo dibujé en el patio de la casa del Abuelo Jessie.

—¿El que es un artista famoso?

Asiento con la cabeza.

—Cría gallos en su patio. Un día empecé a dibujar uno. Era un gallo rojo precioso con unas plumas preciosas.

—¿Los cría para las peleas? —pregunta Gary.

—N'ombre —le digo—. El Abuelo Jessie odia que la gente haga que los gallos peleen. Dice que el gallo es un animal orgulloso al que se le debe tratar con respeto. Que es uno de los animales más valientes del mundo.

—¿Cómo puede ser valiente un gallo? —pregunta Gary algo confundido.

—¿Sabes qué, Gary? Cuando el Abuelo Jessie me dijo eso le hice la misma pregunta.

—¿Qué te respondió?

—Me respondió con otra pregunta. Me preguntó si alguna vez había visto a un gallo huir de una pelea.

—¿Y?

—No —le digo a Gary—. Un gallo jamás huye de una pelea, aún cuando el animal que lo amenaza es más grande que él. Se mantiene firme y pelea si es necesario.

—¿Ya le enseñaste tus dibujos a la Sra. Dávila? —pregunta Gary regresándome el cuaderno de dibujo. La Sra. Dávila es la nueva maestra de arte para los estudiantes de séptimo. La contrataron cuando el Sr. López se jubiló el año pasado—. Si no lo has hecho debes hacerlo.

—No estoy listo —le digo.

—¿No estás listo para qué? —pregunta la Sra. Dávila al escuchar nuestra conversación desde su escritorio.

—Joe hace dibujos de gallos bien suaves —anuncia Gary.

La Sra. Dávila se pone de pie y camina a nuestra mesa.

—¿Puedo ver tus dibujos, Joe? —me pregunta.

Abro mi cuaderno y le muestro. —Todavía tengo que agregarles unos detalles a algunos —le digo nervioso. No acostumbro mostrar mis dibujos a los maestros.

—Dibujas muy bien, Joe —dice la Sra. Dávila—. Sigue practicando y un día te convertirás en un gran artista . . . tal vez seas tan bueno como tu abuelo Jessie.

—¿Conoce a mi abuelo?

—¿Quién no lo conoce? —dice sonriendo—. En San Antonio todos sabemos quién es.

Es cierto. Mi abuelo Jessie es un artista famoso. Sus pinturas se encuentran en murales por toda la ciudad. No puedes andar cinco cuadras en el centro sin toparte con una de sus obras. Cuando estaba chiquito, la gente decía que mi abuelo era tan buen artista que nació con el pincel en la mano. Cuando le pregunté si la historia era cierta, se rio tan fuerte como el quiquiriquí de un gallo.

El cumplido de la Sra. Dávila es muy importante para mí. Ningún maestro me había dicho que puedo ser algo grandioso hasta ahora, mucho menos compararme tan gratamente con uno de los mejores artistas de San Antonio. Sus palabras me hacen sentir muy orgulloso.

—Aquí hay unos lindos dibujos a lápiz —me dice—. ¿Has pintado alguna vez?

—¿Como con acuarelas? No, jamás he pintado en mi vida.

—Si quieres intentarlo, te puedo dar un lienzo para que lo hagas —dice—. Si lo haces bien, no sería mala idea que entraras al concurso de la feria del condado en unas cuantas semanas.

—¿La feria del condado? ¿No es allí donde tienen concursos de vacas y cerdos?

—También tienen un concurso de arte, Joe. Si recuerdo bien, fue allí donde tu abuelo ganó su primer concurso cuando iba a la secundaria.

—Tienes que hacerlo —dijo Gary metiendo su cuchara—. Tienes que participar en el concurso, Joe.

—Tal vez —digo—. Todo depende de que tan bien me salga porque será la primera vez que pinte.

Pero, ¿qué si no lo puedo hacer? ¿Qué si mi intento con las acuarelas termina siendo todo un desastre?

La Sra. Dávila sale del salón y vuelve con un lienzo blanco y me lo entrega.

—¿Por qué no dibujas aquí este fin de semana? —me sugiere—. La próxima semana puedo enseñarte a pintar con óleos.

¿Dijo que me enseñaría a pintar con óleos, no con pinturas témpera? No es que haya algo de malo en usar pinturas témpera, digo, son buenas, pero son las que usan los niñitos. Eso dice la etiqueta . . . "perfecto para niñitos". Pero no los óleos. Oh no, pintar con óleos es usar lo que los verdaderos artistas usan. Es lo que usa mi abuelo. Ay ay ay, ¡ya quiero empezar!

—Tal vez el Abuelo Jessie te puede ayudar durante el fin de semana —me recomienda—. No sólo es un gran artista, ¿sabes? También es muy buen maestro.

—Se lo preguntaré —le prometo y miro fijamente al lienzo enfrente de mí. Está lleno de posibilidades . . . ¡ya quiero empezar!

# CAPÍTULO 2
# ¿POR QUÉ CORRES?

—¿Qué aquel no es Luis? —pregunta Gary.

Me doy vuelta y veo a un niño gordito y pecoso de sexto año corriendo por el pasillo hacia nosotros. Sí es Luis, y está corriendo como si su vida dependiera de ello. ¿Qué le pasa? Correr en el pasillo es una forma segura de meterse en problemas en la secundaria.

—Luis, ¿por qué estás corriendo? —le grito cuando pasa.

Inmediatamente nos damos cuenta por qué corre. Está tratando de escaparse de Martín Corona, quien lo está persiguiendo. Martín es un niño de octavo y el abusón más grande de nuestra escuela. Gary y yo vemos cómo alcanza a Luis y lo empuja fuertemente contra uno de los casilleros.

¡PUM!

—No te voy a preguntar otra vez —grita Martín. Hace un puño con la mano derecha y la mueve frente el pobre Luis, quien está aterrorizado.

—Dame los cinco dólares que debes —demanda.

—Sí, dale su dinero —dicen los amigos de Martín, Damián y Terence, quienes están parados a su lado.

Vemos que Luis, temblando, mete una mano en el bolsillo para buscar el dinero que debe usar para los almuerzos de la semana.

Antes de que Luis le pueda entregar el dinero, le digo a Gary —Esto no está bien.

—No te metas, Joe. No es tu problema.

—Pero no está bien, Gary.

—No te metas, Joe —repite Gary.

Ignoro la advertencia de Gary. No lo puedo evitar. La ira que siento ante la injustica que se está llevando a cabo enfrente de mí es demasiada.

—¡Déjalo en paz! —grito para mi gran sorpresa.

—¿Qué estás haciendo, Joe? —pregunta Gary—. Te dije que no te metieras.

Es demasiado tarde para eso. Ya lo dije, y además, Martín lo escuchó. No puedo tragarme las palabras. Hacer que Martín Corona se enoje contigo es lo último que alguien debe hacer.

—¿Quién dijo eso? —pregunta Martín al soltar a Luis para poner su atención en nosotros.

—¿Fuiste tú? —Martín le pregunta a Gary primero—. ¿Estás metiendo las narices en donde no debes?

—Yo no dije nada —dice Gary, moviendo la cabeza.

—¿Fuiste tú? —Martín me pregunta enseguida.

—¿Y qué si yo lo dije? —le respondo.

¿Qué estoy haciendo? Miro a Gary y sé que piensa exactamente lo mismo. Martín es dos veces más alto que yo.

—Mira al *gran* héroe —se burla Martín.

—Sí, el gran héroe —repite Terence.

Ahora estoy aterrado. No quiero pelear con Martín. Digo, ¿quién querría pelear con él? Además, jamás he peleado en mi vida, sólo he tomado clases de box en el Boys Club. Por suerte, el subdirector de la escuela, el Sr. Salinas, aparece justo en el momento perfecto.

—¿Qué está pasando aquí, chicos?

—Nada, Señor Salinas —dice Martín.

El Sr. Salinas voltea hacia mí y pregunta —¿Pasa algo, Joe?

—No, señor —respondo. Ya sé que debo decirle la verdad, pero no soy un soplón.

—¿Estás seguro?

—Sí, señor.

—Entonces vale más que se vayan a clase —nos dice.

Todos empezamos a caminar juntos, pero cuando el Sr. Salinas está lo suficientemente lejos para no escuchar, Martín me advierte que esto recién empieza.

—Metiste las narices en mis cosas y eso me costó cinco dólares, Joe. Quiero mis cinco dólares, dámelos.

—No tengo dinero —le digo.

—Pues vale más que lo consigas —me advierte—. Y ni se te ocurra irle a llorar al Sr. Salinas y reportarme. Si haces eso, te prometo que te vas a arrepentir. —Martín me clava el índice en el pecho con fuerza para hacerme entender.

—¿De dónde voy a sacar cinco dólares? —le pregunto.

—Ése es tu problema —grita Martín mientras se aleja.

—¿Estás bien? —me pregunta Gary.

—Sí —le digo tratando de esconder mis manos temblorosas.

—¿Qué vas a hacer?

—No lo sé.

—¿Le vas a pagar?

—No. Para empezar, ni siquiera tengo cinco dólares así es que no le podría pagar aunque quisiera.

—Pero si no le pagas te va a pegar —advierte Gary.

—Ya lo sé. —Si peleamos, no tendré forma de ganarle.

—Si peleas con él, yo te ayudaré —promete Gary.

Y sé que lo dice en serio. Gary y yo hemos sido buenos amigos desde tercero.

—Ya lo sé —le digo—. Pero es mi problema, no el tuyo. No es necesario que tú también te metas en líos, Gary.

—Oye, recuerda que somos mejores amigos para siempre —me recuerda Gary—. Te lo prometí.

Se refiere a la promesa que me hizo en el parque de recreo en tercero. Esa vez Gary estaba jugando en el pasamanos cuando se soltó y cayó fuertemente sobre la rodilla derecha y empezó a llorar. Todos los niños se empezaron a reír de él, pero yo no. Sabía que Gary sentía mucho dolor, así es que corrí hacia él y lo ayudé a levantarse. Le dije que no les hiciera caso, que yo lo protegería. Me sonrió y se subió al pasamanos y lo volvió a intentar. Logró atravesar todo el pasamanos mientras yo lo festejaba. Luego chocamos los puños y declaró que él y yo siempre seríamos mejores amigos.

# CAPÍTULO 3

## ¿CÓMO LO VAS A TITULAR?

—¿Ya vino a buscarte Martín? —pregunta Gary al sentarse a mi lado en la cafetería con una bandeja de enchiladas de queso.

—Aún no —le respondo—. Tal vez no estaba hablando en serio.

—Pues parecía que sí —dice Gary.

Por más que quisiera que las cosas fueran diferentes, sé que Gary tiene la razón. Cuando estábamos en la primaria, sabía exactamente lo que tenía que hacer. Habría ido a la oficina del director para reportar a Martín. Eso es lo que debes hacer, pero las cosas son distintas en la secundaria. Hacer eso aquí hace que tus compañeros te etiqueten como un soplón y una gallina. Y esas son las etiquetas que menos quiere un niño de secundaria.

—Está bien si tienes un poco de miedo —dice Gary.

—No tengo miedo. No le temo a Martín. —En realidad estoy aterrado, pero no se lo voy a admitir a Gary.

—Soy yo —dice Gary—. No tienes que aparentar.

—En serio, Gary. No le tengo miedo. Ni un poquito.
—De hecho, sí tengo miedo, tengo mucho miedo.

—Ya veo —dice Gary sin creerme nada de lo que digo.

Después de un momento de silencio incómodo, Gary entiende que no quiero hablar más de Martín, así es que cambia el tema.

—¿Has pensado en lo que vas a pintar en el lienzo que te dio la Sra. Dávila?

—Tengo una idea. —Abro mi cuaderno en el dibujo que hice durante la clase de historia. Sé que tendría que estar escuchando al Sr. Muñoz hablar de la Guerra Civil, pero estaba muy preocupado con la inevitable confrontación que tendría con Martín Corona. El dibujar me ayudó a relajarme. El dibujo muestra un gallo con el pecho henchido y la cabeza ladeada mirando con desafío.

—Qué padre —exclama Gary orgullosamente—. ¿Cómo lo vas a titular cuando acabes?

—¿Titularlo?

—La pintura, Joe, tú sabes, le tienes que poner un título cuando la acabes.

No había pensado en eso. Pero Gary tiene razón. La pintura necesita un nombre.

—Tendré que pensarlo.

—¿Lo vas a meter al concurso de la feria del condado?

—Si me sale bien, tal vez.

—Si lo haces, seguramente ganarás el premio mayor —Gary dice confiado.

—No sé. Tendré que competir con los muchachos de la preparatoria.

—Lo puedes hacer. ¿Qué no escuchaste a la Sra. Dávila decir que eres un excelente artista?

—Dijo que podría convertirme en un gran artista, no que ya lo era.

—Lo puedes hacer —repite Gary.

—Puede que sí, la feria del condado no se celebrará hasta dentro de unas cuantas semanas. Ya veremos.

—Mira, Joe —dice Gary—. Quiero hablar contigo de otra cosa.

—¿Qué?

—Hemos sido amigos por mucho tiempo, ¿verdad?

—Sí.

—De hecho, somos mejores amigos —agrega.

—¿Qué pasa?

—Quiero darte algo —me dice y mete la mano en el bolsillo y saca un billete de cinco dólares.

—No, no puede ser —le digo y le empujo la mano hacia el bolsillo.

Sé lo que quiere hacer, pero no voy a pagarle a Martín para que me deje tranquilo.

—Tómalo —dice, empujando el billete hacia mí—. Tal vez Martín te deje en paz si le pagas esta vez.

—No, Gary, no lo voy a hacer.

—Quédate con el dinero, ¿de acuerdo? Guárdatelo en el bolsillo por si lo necesitas. Si no lo usas, me lo puedes dar al final del día. ¿Está bien?

—No, Gary. No está bien.

—Por favor, Joe —insiste Gary.

He visto esa mirada en la cara de Joe antes. No va aceptar un no.

—Está bien —acepto finalmente—. Me lo voy a quedar, pero desde ahora te aviso que no lo voy a usar. Jamás lo haré.

# CAPÍTULO 4

# ¿TIENES MI DINERO?

—¿Dónde está la tarea de la tabla periódica, Joe? No estaba con tus definiciones.

Las definiciones de ciencias y la tabla periódica . . . fúchi, la tarea de ayer no fue nada divertida. Tampoco es que hacer la tarea sea algo divertido.

—Seguramente la dejé en mi otro fólder —le digo a la Sra. Vela—. ¿Puedo ir a mi casillero?

—Sí, llévate el pase.

—¿Tengo que llevarlo? —le pregunto.

El pase de la Sra. Vela es un osito de peluche color verde lima con corazones en los ojos. En la primaria, el tener un peluche como pase era buena onda, pero no en la secundaria.

—Ya conoces las reglas, Joe. Si tienes que salir de mi salón durante la clase, el Señor Teddy te tiene que acompañar.

Escucho risitas y burlas de los compañeros cuando voy a recoger al Señor Teddy. La mayoría de los niños prefieren hacerse pipí en los pantalones que correr el riesgo de que los vean con el Señor Teddy en el pasillo.

Pero si no voy por mi tarea, me sacaré una mala nota. Como no quiero que me vean con el Señor Teddy, lo meto debajo de mi camiseta en cuanto salgo del salón. Rápidamente voy a mi casillero y saco mi mochila.

—Allí estás —digo cuando saco la carpeta con mi tarea de la tabla periódica. Cierro el casillero y empiezo a correr hacia el salón.

—Agárralo —grita un voz. Siento que dos manos me atrapan y me jalan hacia el baño de los hombres.

—¿Adónde crees que vas con tanta prisa? —Es Damián, el amigo de Martín.

—No se corre en el pasillo —agrega Terence, con una sonrisa con desdén.

—¿Tienes mi dinero? —pregunta Martín al salir de uno de los urinarios.

—Sí, dale su dinero —dice Damián.

—Me hiciste perder cinco dólares, Joe —me recuerda Martín—. Te dije que vendría por el dinero. Págame o . . .

—¿O qué? —pregunto haciendo como que no tengo miedo.

—¿Puedes creer la caradura de este chico? —dice Martín, riendo.

Tanto Terence como Damián se sonríen con malicia.

—Déjame . . . déjame en paz —tartamudeo.

—Entonces dame mi dinero.

—No.

—¿Qué dijiste? —pregunta Martín, poniéndose la mano sobre la oreja derecha—. Creo que no te escuché bien.

—Dije que no.

—Aun sigues jugando a ser héroe, ¿verdad? ¿Sabes lo que le hago a los héroes? —me dice al sacarme la carpeta de las manos con un golpe y empujarme fuertemente contra la pared. El impacto me sofoca por un momento.

—Déjame . . . déjame en paz —digo tratando de recuperar el aire.

—Dame el dinero y lo haré —dice Martín. Me tiene atrapado contra la pared.

—No —le digo.

—¡Basta! —dice—. Damián, revísale los bolsillos.

Damián mete la mano en mis bolsillos y encuentra el billete de cinco dólares que me dio Gary. Martín se lo arrebata de la mano a Damián y lo mete en su bolsillo.

—¿Ves que no era tan difícil? —Martín alardea.

Si pudiera atravesar a Martín con la mirada en este momento, lo haría. Quiero tirarme sobre él. Quiero empujarlo contra la pared y mostrarle lo que se siente cuando te abusan.

—Fue un placer trabajar contigo —dice Martín, sonriendo—. Oye, ¿es el Señor Teddy? —Ve que el peluche se ha salido de debajo de mi camiseta. Martín recoge al Señor Teddy del piso y lo lleva al urinario.

—Sí, sí —Terence y Damián empiezan a cantar. Sus cantos se pierden con el ruido del agua que corre en el inodoro.

—Ya te puedes ir —dice Martín al salir del urinario. Pisotea mi carpeta abierta en el piso y luego la patea hacia mí. Ya no tiene al Señor Teddy en las manos. ¿Qué hizo con él? ¿Lo tiró por el inodoro?

Aún con toda la furia, empiezo a recoger el contenido de mi carpeta.

—Antes de irme —dice Martín—, la próxima semana tendrás que pagarme otros cinco dólares.

—¿Qué? Pero si ya tienes lo que querías.

—Eso es sólo lo de esta semana —dice Martín con una sonrisa—. Me vas a pagar cinco dólares cada semana.

—¿Por qué?

—Porque si no lo haces, algo malo te va a suceder.

—Algo *bien* malo —agrega Terence.

No puede ser. Esto no está bien. ¿Sólo porque Martín es más grande que yo cree que me puede maltratar?

—No —le digo a Martín—. No lo voy a hacer. —Tiro mi carpeta al piso y levanto los puños en una posición de boxeo.

Martín se ríe de mí.

—Míralo —dice, sonriendo al levantar los puños para imitarme y burlarse de mí—. El gran héroe quiere seguir peleando.

—Oye, ese chico, el Luis, viene por el pasillo —anuncia Terence de repente.

—Tienes suerte de que deba encargarme de otro negocio, Joe —dice Martín al bajar las manos en puño—. Pero ten listos los cinco dólares para la próxima semana, si sabes lo que te conviene.

Los tres se salen del baño para ir tras Luis. Veo que todos mis papeles están tirados por el piso del baño. Hay una gran pisada en mi tarea de la tabla periódica. Entro al urinario y veo que el Señor Teddy está flotando en el centro del inodoro desbordado. Enojado, cierro los puños.

## CAPÍTULO 5

# ¿QUÉ QUIERES DECIR CON QUE AÚN NO SE HA TERMINADO?

—¿Qué quieres decir con que aún no se ha terminado? —pregunta Gary—. ¿Martín quiere otros cinco dólares la próxima semana?

—Eso fue lo que dijo.

—Increíble —grita Gary mientras caminamos a casa de la parada del autobús—. ¿Por qué no le dijiste al Sr. Salinas que te atacó en el baño?

—Porque no soy un soplón.

—Pero, Joe, te preguntó directamente si fue Martín, y le dijiste que no.

—No soy un soplón —repito.

—Pero le mentiste. Le mentiste al subdirector. Tienes que decirle la verdad.

—Yo me las arreglaré, ¿de acuerdo?

—Pero . . .

—Te dije que yo me encargaré de esto.

—No tienes que ir solo a la oficina. Yo te acompaño si quieres.

—No.

—Les puedes decir a todos que fui yo quien delató a Martín.

—No.

—Si tú no lo reportas, entonces lo haré yo.

—No, no lo harás —gruño enojado—. ¡YO ME ENCARGARÉ DE ESTO! —Mi voz suena más fuerte de lo que quiero, pero a Gary le queda bien claro que no quiero discutir más. Además, es el fin de semana. Tendré tiempo para figurar lo que debo hacer después.

—Lo que te pasó no está bien, Joe —dice Gary, moviendo la cabeza.

Sé que tiene razón. Que debo ir a la oficina y decirles que fueron Martín y sus amigos quienes me atacaron. Debo contarles todo. Pero si hago eso me etiquetaran como un soplón, o lo que es peor . . . una gallina. Ningún niño de secundaria quiere esa etiqueta.

—Y ¿vas a ir al partido de fútbol esta noche? —pregunta Gary después de un largo silencio.

—Sí. Mi prima Lupita va a estar de voluntaria en el puesto de boletos, y le dije que la ayudaría.

—¿Así es que tu prima Lupita va a estar en el partido?

—Sí, ¿por qué?

—Sólo pregunto —dice Gary, jugando con el cuello de su camisa. Tiene una sonrisa tonta en la cara. ¿Así es que Gary está enamorado de mi prima Lupita?

—Ya no tiene novio, ¿verdad? —pregunta Gary sonriendo de oreja a oreja.

—No, ya no, pero ya está en octavo —le recuerdo.

—Sólo porque es tan inteligente que se saltó todo un año de primaria.

—Es cierto, pero te recuerdo que sigue en octavo.

—¿Y? —pregunta Gary—. ¿Eso qué tiene que ver?

—¿Cuáles son las probabilidades de que una chica de octavo quiera un novio de séptimo año?

Puede que a Gary no le guste, pero hay reglas en la secundaria, y lo que sugiere es simplemente un tabú. Un chico de séptimo tiene tanta probabilidad de salir con una chica de octavo como una bola de nieve puede sobrevivir en el infierno.

—Podría suceder —dice Gary—. Además, soy a todo dar cuando se trata de damas.

—¿Sí? —le pregunto. No quiero ser malo ni nada por el estilo, pero no quiero que se sienta mal o que se decepcione cuando mi prima Lupita lo rechace, como sé bien que lo hará.

—Supongo que cualquier cosa es posible —le digo.

## CAPÍTULO 6

# TRIPLE JALAPEÑOS EN LOS MÍOS

—**E**s un placer maravilloso verte —Gary saluda a mi prima Lupita.

Hago un súper esfuerzo para no reírme porque Gary intencionalmente hace que su voz suene más profunda. Además, ¿de dónde sacó esa línea? ¿"Es un placer maravilloso verte"? ¿Por qué no dijo "hola" simplemente?

—Hola, Gary —dice Lupita, sonriéndole.

Veo que ella sabe que le gusta a Gary, y probablemente piensa que es lindo. Pero, pobre Gary, no tiene chanza de que ella lo tome en serio.

—¿Estás cuidando a mi primo Joe para que no se meta en problemas?

—Es difícil —dice Gary suspirando—. Pero alguien tiene que hacerlo.

Ay no, si esto muestra que Gary es a todo dar con las damas, entonces está arruinado. Debería darse por vencido y hacerse monje. Después de un rato es obvio que Lupita no necesita mi ayuda y que Gary no tiene plan de alejarse de su lado por un buen rato.

—Voy al puesto de la comida —les digo.

Mientras me alejo, me doy vuelta y veo a Gary y a Lupita. No tengo idea qué le está diciendo pero mi prima se ríe. Mmm, después de todo, tal vez sí sabe algo de coquetear con las damas.

Hago mi pedido en el puesto de la comida. —Nachos con triple jalapeños, por favor.

—Yo quiero lo mismo —dice una voz detrás de mí—. Pero a mi orden le pone cuádruple jalapeños.

Me doy vuelta y veo a una linda chica con cabello rizado café. Lleva una chamarra negra con el logo de una banda de rock pesado. Me parece familiar. ¿La conozco?

—Hola, Joe —me dice con una sonrisa.

¿Sabe mi nombre? Entonces la conozco, ¿pero de dónde? Nos quedamos allí parados mirándonos incómodamente. Sé que espera que responda algo pero, ¿cómo se llama? Aún no la reconozco, pero tengo que decir algo.

—Hace mucho que no nos vemos —digo finalmente.

—Así es.

En la torre . . . su respuesta no me da ni una pista quien es.

—Y, ¿dónde has estado?

—En Chicago.

Bien, ¿a quién conozco de Chicago? Mi mente está en blanco.

—Se te están enfriando los nachos, Romeo —dice la señora del puesto de comida, y me recuerda que hace un minuto que los sirvió.

—Bueno . . . debo irme —dice la chica misteriosa y toma su orden de nachos.

Se está yendo pero no he resuelto quien es.

—Supongo que te veré en la escuela el lunes, ¿verdad? —dice.

—Claro —respondo.

¿Va a mi escuela? ¿Está en una de mis clases? ¡¿Quién es?!

—Lo hice —grita Gary al llegar corriendo detrás de nosotros.

—¿Qué hiciste?

—Tengo su número —anuncia.

—¿Mi prima te dio su número de teléfono? —debo admitirlo, ¡impresionante!

—Hola —dice Gary cuando ve a la chica con quien estoy platicando—. ¡Hace mucho tiempo que no te veía!

—Es lindo verte también, Gary —dice.

Así es que Gary también conoce a esta chica. ¿Quién es?

—Supongo que los veré el lunes, ¿verdad?

—Seguro —dice Gary.

Mientras se aleja, tomo a Gary del cuello de la camisa y lo acero a mí. —¿Quién era?

—¿Quién? ¿No la reconoces?

—Por eso te lo pregunto.

—Pero si estabas hablando con ella. ¿Quieres decir que te pasaste todo este tiempo hablando con ella y no la reconociste? Estuvo con nosotros en cuarto año.

—¿Cuarto? ¿Estuvo en la clase de la Sra. Baldwin?

—¿Quieres decir que no reconoces a Kiki, Dientes de acero?

—¿Kiki, Dientes de acero? ¿La niña con frenillos de la clase de la Sra. Baldwin?

—Sip —responde Gary.

—Pero luce tan . . . tan diferente.

—Sí, se ve linda sin todo ese acero en la boca. Oye, ¿te gusta, Joe?

—No . . . este . . .

La sonrisa en la cara de Gary me dice que no me cree.

—¿Te gusta, eh?

—Me . . . interesa —confieso.

—Bueno, ¿y qué esperas? Anda, dícelo.

—¿Eres mi socio? —le pregunto a Gary.

—Por supuesto, Joe. Mejores amigos por siempre.

## CAPÍTULO 7

# JOE PUEDE DIBUJAR
# CUALQUIER COSA

Gary y yo encontramos a Kiki sentada cerca de la cima de las gradas.

—Hola de nuevo, Kiki —digo.

—¿Así es que Gary te dijo mi nombre?

—¿Te diste cuenta, verdad?

—Era súper obvio que no me recordabas, Joe —dice con una sonrisa.

—No seas mala con él —dice Gary—. Joe podrá ser el mejor artista del mundo, pero tiene una memoria espantosa.

—¿Así es que eres un artista? —pregunta Kiki—. ¿Por eso siempre cargas un cuaderno de dibujo todo el tiempo?

—Joe lleva consigo el cuaderno a todos lados —dice Gary—. También lleva lápices en el bolsillo trasero. Es el mejor artista del mundo. Puede dibujar cualquier cosa.

—¿Me podría dibujar a mí? —pregunta Kiki.

—Por supuesto —declara Gary, rebosando con seguridad.

—¿Qué? —empiezo a protestar, pero Gary está con toda la cuerda. No hay cómo pararlo.

—Joe puede dibujar a cualquier persona —le asegura.

¿En que líos me está metiendo Gary? No estoy seguro de poder dibujar a Kiki. No es como que me paso los días haciendo dibujos de personas, sabes. Pero no hay vuelta a atrás. Lo único que puedo hacer es respirar profundo y esperar que mis destrezas de dibujo no me fallen. Abro el cuaderno y saco un lápiz de mi bolsillo y me pongo a trabajar.

Primero trazo la forma de su cara, un óvalo que disminuye en la parte inferior. Dibujo una línea vertical por el centro de lo que será su cara y luego hago una línea horizontal para indicar dónde voy a dibujar los ojos. Luego señalo dónde irán la nariz y la boca. Cerca del centro de la línea horizontal dibujo dos formas de almendra para sus ojos. Poco a poco empiezo a rellenar los detalles de su cara, descubro lo lindo que son los ojos cafés de Kiki.

—Ya casi termino —le digo.

—Déjame verlo —dice Kiki.

—Aún no está listo —advierto.

—Te va a encantar —dice Gary al asomarse por encima de mi hombro.

—Vale más que no me vayas a hacer ver fea —me advierte.

—Jamás —le digo.

—Déjame ver.

—*Tarán* —digo al darle vuelta a la página para mostrarle mi dibujo. Su sonrisa me lo dice todo. ¡Le encanta!

—Gary tiene razón, Joe. Eres un artista excelente.

—Ayuda mucho cuando tengo un súper excelente sujeto —digo—. Eres la persona más linda que he dibujado.

Oye, ¿de dónde salió ese comentario? No importa de dónde haya sido porque hace que Kiki se sonroje y me sonría al mismo tiempo. Gary, quien está parado detrás de ella, me hace la seña de bien hecho con el pulgar.

## CAPÍTULO 8

# MARTÍN CORONA SE CUELA EN LA FIESTA

**M**i prima Lupita nos encontró en las gradas, así es que Gary decidió quedarse con ella.

—Es un lindo dibujo de mí —dice Kiki mientras examina los detalles de mi dibujo cuando tomamos un atajo por debajo de las gradas para llegar al puesto de comida para comprar otros nachos.

—Te lo puedes quedar —le digo.

—¿En serio? —dice, obviamente encantada—. No lo puedo creer.

—Por supuesto.

Para mi sorpresa, Kiki se acerca y me da un beso en la mejilla.

—Gracias por regalármelo.

—De . . . de nada —digo, y me pongo más rojo que una manzana.

—Tienes que firmarlo —me ordena—. Todos los grandes artistas firman sus obras, ¿verdad?

Me da vergüenza, pero lo firmo . . . *Con cariño, Joe López*. Luego corto la hoja de mi cuaderno y se la entrego. Nuestros dedos se rozan cuando estira la mano para tomarla, y de repente me dan ganas de tomarle la mano. ¿Me atrevo? ¿Qué si se enoja? ¿Qué si no?

—Ah, qué lindo —dice una voz detrás de nosotros.

—Nos damos vuelta y vemos a Martín Corona con sus amigos Terence y Damián—. No me dijiste que tenías una novia tan linda, Joe —me dice con sarcasmo.

—Déjanos en paz, Martín —le digo.

Da un paso hacia nosotros y dice —Sigues tratando de jugar al héroe. ¿Qué no aprendiste la lección en el baño?

—No vale la pena, Joe —dice Kiki—. Vámonos nomás.

—¿Vámonos? —pregunta Martín, y me pone la mano en el pecho—. Joe no va ningún lugar. Él y yo tenemos algo que resolver.

—Yo no tengo nada que resolver contigo, Martín.

—Ah, claro que sí lo tienes —me asegura—. Hoy tendré que colectar los cinco dólares que me debes por la semana que entra. Terence y Damián andan poco cortos de dinero, así es que vas a tener que ayudarlos.

—Sí, ayúdanos, Joe —empiezan a decir al mismo tiempo—. Sé buen amigo.

—No les voy a dar nada —les digo.

—Claro que sí —dice Martín—. No quiero tener que avergonzarte enfrente de tu linda novia.

—No —insisto— no te voy a dar más dinero, Martín.

—Tengo una idea, si andas corto de fondos, Joe, tal vez tu linda noviecita te puede prestar cinco dólares ¿no?

—No te metas con ella.

—¿Qué dices, noviecita? —Martín pregunta y da dos pasos hacia Kiki—. ¿Le podrías prestar cinco dólares a tu novio?

—¡Ya te dije que no te metas con ella!

Lo empujo para alejarlo de Kiki. No voy a permitir que la toque. Pero Martín me empuja con tanta fuerza que me tira al suelo. Luego me pone el pie sobre el pecho, y no me puedo mover.

—No te muevas, si no quieres que te pase algo, héroe —me advierte.

Estoy tan enojado con Martín ahora mismo que ¡quiero arrancarle la cabeza! Pero es muy grande. No podré contra él, especialmente si está con Terence y Damián allí como un par de hienas riendo. Algunos de los estudiantes en el partido de fútbol escuchan la conmoción debajo de las gradas y vienen corriendo.

—Pe-lea, pe-lea, pe-lea —empiezan a canturrear.

—Le voy a preguntar una vez más a tu novia —me amenaza Martín, su pie derecho aún está firmemente plantado en mi pecho. Mira a Kiki con rabia—. ¿Le puedes prestar dinero a tu novio?

—Déjalo en paz —grita Kiki. Se tira encima de Martín y me lo quita de encima.

—Bueno, parece que tu novia también se cree héroe —dice Martín—. Supongo que tendré que mostrarle lo que le pasa a los héroes.

—¡Aléjate de mí! —grita Kiki.

Veo a mi alrededor, esperando que alguien se meta y detenga a Martín, pero todos están allí parados, viendo. ¿Qué le pasa a esta gente? ¿Es que todo mundo le tiene medio a Martín? Tengo que hacer algo para detenerlo, pero ¿qué? De repente veo mi oportunidad. Como Martín tiene la atención puesta en Kiki, se ha olvidado de mí. Lo mismo sus amigos Damián y Terence. Me levanto de un salto y me lanzo a la cintura de Martín, mi intención es derribarlo y darle unos puñetazos antes de que sus amigos se metan. Seré fiambre después de eso, pero por lo menos podré darle uno o dos golpes. Pero cuando le caigo en la cintura, sin querer queriendo ¡le bajo los pantalones aguados hasta los tobillos! ¿Le hice lo que creo que acabo de hacer? ¿Des-pantaloneé a Martín Corona? ¿Des-pantaloneé al abusón más grande de la escuela? ¡Su mirada de shock no tiene precio!

—¡Te voy a matar! —me grita cuando intenta subirse los pantalones, pero termina tropezándose con sus propios pies y cae al suelo.

¡PLAF!

La cara de Martín choca con fuerza contra el pavimento y se revienta el labio. Sé que debo sentir miedo ahora mismo, pero la imagen de Martín tirado en el suelo en calzoncillos blancos y los pantalones hasta los tobillos es demasiado para mis ojos. ¡Reviento en carcajadas! Todos se empiezan a reír también. Kiki se está riendo, la multitud a nuestro alrededor se está riendo. Hasta los amigos de Martín, Terence y Damián no pueden evitar reír disimuladamente. ¡Parece que Martín está a punto de llorar de vergüenza!

—¡Me la vas a pagar, Joe! —me grita cuando se levanta y se sube los pantalones. Antes de que pueda llevar a cabo su amenaza ve que dos maestros y un guardia caminan hacia nosotros.

—Me la vas a pagar, ¿me oyes? —me grita cuando él y sus compinches se alejan corriendo.

Seguramente tendré que pagar por esto el lunes por la mañana, pero en este momento no me importa. Enfrenté a Martín Corona, y eso es algo de lo que debo estar muy orgulloso.

# CAPÍTULO 9

# TE VOY A ENSEÑAR A USAR ESE PINCEL

—¿Me puedes ayudar a colgar esta pintura, Joe? —me pregunta el Abuelo Jessie.

—Claro, Abuelo.

Recargo el lienzo contra la pared y camino hacia él. La pintura es de un hombre y una mujer jalando una inmensa cadena de metal como si estuvieran en un tira y jala con un enemigo invisible. La tensión en cada músculo de los personajes está dibujada con mucho detalle, eso se ha convertido en el estilo de mi abuelo.

—¿Cómo lo vas a titular, Abuelo?

—*La lucha.*

—*The struggle* en inglés, ¿verdad?

El abuelo asiente.

—¿Contra qué están luchando?

—Pues, eso depende de cada individuo, Joe. Cada persona tiene que enfrentar sus propias batallas en la vida . . . su propia lucha. Podrían estar luchando por encontrar la forma de que les rinda el dinero para mantener a sus familias. O para darles una mejor vida a

través de la educación. O en contra de leyes que no los tratan justamente. O para hacerse ciudadanos de este país y así lograr el Sueño Americano. Sea cual sea su lucha, todos están dando lo mejor de sí en esta pelea . . . ¡la buena lucha!

—¿Pelea, como una pelea con los puños? —Pienso inmediatamente en Martín. No disfruto mucho la idea de tener que pelear a golpes con él el lunes en la escuela.

—A veces se trata de eso —dice el Abuelo Jessie— pero no tiene que ser así. El cambio no tiene que darse con los puños. De hecho, el tipo de cambio que es duradero es el que viene cuando se cambia la forma de pensar de las personas.

—¿Cambiar cómo piensan las personas? —pregunto—. Pero, ¿cómo se hace eso?

—No es fácil. De hecho, es lo más difícil para la mayoría de la gente. Las personas pueden ser muy testarudas y arraigadas a su forma de ser. Tienden a tener miedo del cambio, hasta cuando éste es sumamente necesario.

—Pero, ¿cómo puede una persona hacer un cambio?

—Sólo se necesita a una persona, Joe.

—¿Una persona? Pero, ¿qué puede hacer una persona?

—Pensarás que no es mucho, pero sí lo es. Una sola persona puede inspirar el cambio. Una sola persona puede motivar y unir. Una sola persona puede darte la fuerza para levantarte y ser la voz que los aliente a unirse a su causa. Y luego, juntos, esa gente puede mover montañas.

—Mover montañas, pero ¿qué si la montaña es muy grande? —le pregunto. Sigo pensando en Martín—. ¿Qué si no se quiere mover?

—*El pueblo unido, jamás será vencido* —exclama—. Hasta la montaña más alta se puede derrumbar cuando la gente unida se enfrenta a ella.

Mi Abuelo Jessie no es sólo un gran artista, sino también un tipo bien inteligente.

—Este dibujo que tienes aquí es muy bueno —dice cuando terminamos de colgar su pintura—. Tienes una excelente técnica para tu edad. Si sigues así, un día serás un mejor artista que yo.

—¿Mejor que tú? Pero si tú eres el mejor.

—No importa qué tan buena sea la persona, Joe, siempre habrá otra mejor.

—Es un proyecto para la clase de arte de la Sra. Dávila —le digo—. Quiere que lo meta al concurso de la feria del condado.

—¿La Sra. Dávila? ¿No será Carla Dávila?

—Creo que ése es su primer nombre . . .

—Fue una de mis estudiantes cuando era niña.

—¿Sí?

Mira nada más. Cuando mencionó a mi abuelo, asumí que era sólo porque era famoso, no porque había estudiado con él.

—¿Cuándo vas a empezar a pintarlo?

—No tengo óleos en casa —digo—. Así que tendré que esperar hasta el lunes para hacerlo en la escuela.

—¿Para qué esperar? —me dice y camina hacia un gabinete y saca una caja llena de óleos y pinceles.

—Nunca he pintado con óleos —confieso.

—Entonces es bueno que esté aquí para enseñarte —me dice y me entrega un puñado de pinceles. Uno es mediano y tiene punta redondeada. El segundo es más grande con la punta plana y el tercero tiene la punta en abanico. El cuarto y quinto son mucho más pequeños que el resto y tienen cerdas pequeñas.

—¿Cómo empiezo? —Ni siquiera sé cuál cepillo debo usar primero.

—Elije un pincel —me dice.

—Pero, ¿cuál?

—No importa, Joe. Escoge el que quieras, te voy a enseñar dominarlo.

## CAPÍTULO 10

# BASTA

**—H**iciste un buen trabajo ayer en esa pintura, Joe —me dice el Abuelo Jessie durante el desayuno—. Es como si hubieras nacido con un pincel en la mano.

—Si lo hice fue sólo porque tengo un gran maestro, Abuelo —digo mientras veo mi pintura colgada en la pared.

Aún no puedo creer que hice una pintura con óleos. La pintura parece mejor que el dibujo. Jamás pensé que podría hacer algo así, pero lo hice. En mi mente, capté la imagen de un gallo rojo orgulloso mirando con desafío a sus espectadores y la transferí al lienzo.

—Debes estar muy orgulloso de ti, Joe. Si quieres, el próximo fin de semana puedo trabajar un poco más contigo.

—Eso sería fabuloso —digo casi saltando de felicidad.

—Te apuesto que tu maestra va a estar impresionada cuando vuelvas a clases el lunes.

—Sí —digo suspirando profundo. Casi había olvidado que mañana volvería a la escuela. Estoy seguro que

Martín Corona me estará esperando, y aún no tengo idea qué voy a hacer con él.

—¿Estás bien? —me pregunta el Abuelo Jessie cuando ve que me he quedado en silencio.

—Sí, Abuelo —digo, pero no lo puedo engañar.

—Anda, Joe . . . dime qué te pasa.

—¿Alguna vez has tenido que hacer algo que temías hacer, Abuelo?

—¿A qué te refieres?

—Como . . . ¿lidiar con un bully?

—¿Está pasando algo en tu escuela?

—Pues, hay un muchacho que se llama Martín —digo casi susurrando—. Abusa a los muchachos más chicos de la escuela.

—¿Sabes que un abusivo no es más que un cobarde, verdad?

—¿Qué quieres decir?

—Un abusivo sólo molesta a las personas que piensa que no van a defenderse. ¿Has visto al tal Martín abusar de un muchacho más grande que él?

—No, no le he visto.

Martín siempre se asegura de no molestar a los chicos de octavo, especialmente a los futbolistas o atletas.

—Eso es porque en lo profundo de su ser es un cobarde, Joe. Sólo molesta a las personas que sabe que puede abusar, pero si un día lo confrontan, te apuesto que no sabrá qué hacer.

—¿Cómo lo sabes, Abuelo? —En serio quiero saberlo. ¿Cómo sabe mi abuelo todas estas cosas?

—La historia está repleta de personas que en un momento se les consideró pequeñas y débiles, pero se enfrentaron con valentía a los que eran más grandes que

ellos. No sólo se defendieron, sino que vencieron a los abusivos.

—¿Cómo quiénes?

—Hay muchos, Joe —dice—. César Chávez es un ejemplo excelente. Se enfrentó a mucha gente muy rica y poderosa para luchar por un mejor salario y mejores condiciones laborales para los trabajadores agrícolas que cosechaban sus campos, y les ganó. Los hizo cambiar la forma en que trataban a sus empleados. Otro gran ejemplo es una mujer de San Antonio llamada Emma Tenayuca, quien luchó para conseguir un mejor salario para los trabajadores. Ambos se opusieron a la gente con dinero que sentía que podía tratar a los trabajadores como ellos quisieran por el poder que tenían. Tanto César Chávez como Emma Tenayuca fueron la inspiración que motivó a un sinnúmero de personas a levantarse y decir "no más" a los abusos que estaban enfrentando.

—Qué maravilloso, Abuelo.

—Sí lo es, Joe, pero quiero que recuerdes una cosa, porque por muy increíble que sean estas personas . . .

—¿Qué?

—Todo empezó con una sola una persona, Joe. Eso fue lo que hizo el cambio. Una sola persona ordinaria con la suficiente valentía para levantarse y decir . . . basta.

¿He aguantado suficiente? pienso. ¿He soportado suficientes abusos de Martín Corona? ¿Lo suficiente para hacer algo? Creo que sí . . . y me pregunto si otros también habrán llegado a su límite.

## CAPÍTULO 11

# LUNES POR LA MAÑANA

—No puedo creer lo que hiciste —dice Gary—. ¡Lástima que me lo perdí!

—No fue nada del otro mundo —digo.

—Como que nada del otro mundo . . . todos están hablando de eso.

—¿Hablando de qué? —le pregunto.

—¿Cómo que de qué? Sabes perfectamente de qué. Están hablando de cómo golpeaste a Martín Corona en el partido de fútbol.

—No lo golpeé. ¿Quién anda diciendo que lo golpeé?

—Todos —insiste Gary.

—Pero no golpeé a Martín.

—Que hasta lo despantaloneaste.

—Fue un accidente. No es como que lo planeé.

—Sí, pero despantaloneaste a Martín Corona. ¡Lo hiciste pasar vergüenza enfrente de todos!

—Quería proteger a Kiki.

Bajarle los pantalones era lo último en mi mente. La verdad es que, si eso no hubiera sucedido, Martín me

habría dado una paliza. De hecho, todavía podría
dármela.

—Hola, Joe —me saluda una niña llamada Julie. Es
la niña más popular del séptimo año.

—Hola —le respondo.

¿Me acaba de saludar Julie? En todos los tres años
desde que la conozco, jamás se había percatado que
existo. Pero ¿ahora de repente me saluda en el pasillo?

—¿Viste? —pregunta Gary—. Julie te dijo hola, Joe.

Los actos heroícos del fin de semana me han
convertido en un héroe instantáneo en la escuela, pero
eso no cambia los hechos: tendré que pagar el precio por
haber humillado a Martín. Tarde o temprano Martín
vendrá a buscarme. Ambos vamos derechito a una
colisión, de eso no cabe duda.

## CAPÍTULO 12

# ME GUSTA

—"El Gallo Joe" —dice Gary cuando ve la pintura que trabajé con mi abuelo durante el fin de semana—. Deberías llamarlo "El Gallo Joe".

—Me gusta el título —asiente Kiki.

—¿Por qué "El Gallo Joe"? —le pregunto.

No lo tomes a mal. Me gusta el título. Pero tengo curiosidad por saber por qué Gary lo llamaría así.

—¿Por qué no? —dice Gary—. Digo, el gallo en la pintura es muy parecido a ti, Joe.

—¿A mí? —Miro el óleo con el gallo rojo mirándome desafiante desde el lienzo.

—Mírale los ojos —me dice—. Sea lo que sea que está mirando, es algo más grande que él. Pero no le tiene miedo, ¿verdad? Se muestra valiente, como tú cuando te enfrentaste a Martín. En cierta forma, tú eres ese gallo, Joe . . . tú eres el Gallo Joe.

—Yo también creo que fuiste muy valiente —dice Kiki—. Eso no quiere decir que yo no me podría haber encargado de Martín. Pero fue lindo tener cerca un guardaespaldas.

—Gallo Joe —me dije, mirando mi pintura—. Me gusta, Gary. Acepto tu recomendación y la voy a usar.

—¿Puedo hablar contigo, Joe? —pregunta una voz. Nos volteamos y vemos a Luis parado enfrente de nosotros —. Escuché que te enfrentaste a Martín. ¿Lo vas a volver a hacer?

—Tal vez no tenga otra opción —digo—. No quiero, pero a estas alturas no parece que tenga otra alternativa.

—Pues si lo vas a hacer, entonces quiero acompañarte —dice Luis.

—¿Por qué? —le pregunto.

—Porque yo también me le tengo que enfrentar. Estoy cansado de su abuso. Si tú eres lo suficientemente valiente para enfrentarte a Martín, entonces tengo que ser valiente también.

—Ya saben que pueden contar conmigo —dice Gary—. Ya somos tres.

—Cuatro —corrige Kiki—. Sólo porque soy mujer no quiere decir que le tenga miedo a Martín.

—Gracias, muchachos.

La idea de que todos nos unamos en contra de Martín me hace pensar que tal vez otras personas también están cansadas de sus abusos.

—¿A quién más ha estado molestando Martín?

—A José Jiménez y a César Martínez —dice Luis.

—¿A César de la clase de arte? —pregunta Gary.

—Sí.

—Voy a hablar con él —le digo a Luis—. Pero dale esto a José. —Rápidamente escribo un mensaje en una nota—. Asegúrate de que lo lea.

—¿Qué está pasando? —pregunta Gary.

—Mi Abuelo Jessie me dijo algo este fin de semana, y eso me dio una idea.

—¿En qué andas, Joe? —pregunta Kiki.

—Tengo un plan. Es algo para acabar de una vez por todas con Martín Corona.

## CAPÍTULO 13

# EL PUEBLO UNIDO

—Sé que tienes miedo —le digo a José en la cafetería durante el almuerzo—. Pero tenemos que enfrentar a Martín si queremos que nos deje en paz.

—Es más fácil decirlo que hacerlo —me dice.

—Entiendo que la idea de enfrentar a Martín da miedo, pero, ¿en verdad quieres pasar el resto del año escolar temiéndolo?

José niega con la cabeza.

—No vas a estar solo. Todos lo vamos a enfrentar.

—¿Quién es "nosotros"? —pregunta.

—Nosotros —dice Gary y aparece con Luis, Kiki y César—. Nosotros vamos a enfrentar a Martín Corona.

—¿Ustedes cinco? —pregunta José.

—Seis, si te nos unes —lo aliento.

—No sé. ¿Qué si no funciona? ¿Qué haremos entonces?

—Va a funcionar —le aseguro.

—Pero, ¿cómo puedes estar tan seguro, Joe?

—Porque una de las personas más inteligentes del mundo me dijo este fin de semana que un abusivo, en el fondo, es un cobarde. Martín sólo molesta a las personas que no se van a defender.

—Pero es tan grande —dice José.

—No es tan grande como todos nosotros juntos —le digo—. Si presentamos un frente unido contra él, no hay forma de que nos derrote.

—Joe tiene razón —dice César—. No podemos seguir arrancándonos de Martín. Yo también tengo miedo, pero tengo más miedo de que Martín me moleste el resto del año. Tenemos que enfrentarlo.

Nerviosamente, José respira profundo. —Lo voy a pensar —me dice.

—Va a funcionar —le aseguro—. Confía en mí, Martín no tiene idea de lo que planeamos.

—¿Y ahora qué hacemos? —pregunta Kiki.

—Ahora esperamos a que Martín de un paso.

Resulta que no tenemos que esperar mucho. Pasa un niño y deja una nota en nuestra mesa. Es de Martín.

—¿Qué dice? —pregunta César.

—Dice que me espera debajo de las gradas en el estadio de fútbol después de la escuela. Que si no llego irá a buscarme.

En hora de hacernos valer.

# CAPÍTULO 14

# ¡VIVA EL GALLO JOE!

—¿Estás nervioso, Joe? —pregunta Gary mientras caminamos hacia la cancha de fútbol.

—Un poco —confieso.

No me puedo echar atrás ahora. Si lo hago, todos pensarán que soy un miedoso. Veo un grupo de niños que empieza a arremolinarse en las gradas. El rumor de que Martín y yo nos íbamos a encontrar allí se esparció bien rápido. Martín y sus compinches ya están allí esperándome.

—Por fin llega el gran héroe —anuncia Martín con sarcasmo.

—No te tengo miedo —digo.

—Debes tenerme miedo —me advierte—. Porque te voy a dar una paliza tan grande que ni tu propia mamá te va a reconocer.

—Bien grande —repite Damián con una risilla.

Mi abuelo dijo que una sola persona puede hacer la diferencia, y supongo que voy a descubrir si esa persona soy yo.

—No te tengo miedo, Martín —le digo—. Y ninguna otra persona te tiene miedo tampoco. Eres un cobarde. Por eso sólo molestas a las personas más chicas que tú o a los que crees que puedes maltratar. Pero ya no me vas a abusar.

Y allí es cuando percibo un momento de vacilación en el rostro de Martín. Más niños se han juntado debajo de las gradas. Todos están ansiosos por ver una pelea.

—Pe-le-a, pe-le-a, pe-le-a —empiezan a gritar suavemente.

—Te voy a dar la oportunidad de que te alejes corriendo como la gran gallina que sé que eres —dice Martín.

¿Me está dando la oportunidad de escaparme? ¿Está buscando la forma de salirse de ésta?

—Pe-le-a, pe-le-a, pe-le-a —los gritos empiezan a ser más fuertes.

Martín me mira fijamente como si no supiera que hacer. Saco el pecho como un gallo y levanto los puños listo para pelear. Martín empieza a caminar hacia mí.

—¡Dale, Martín! —le grito—. Estoy listo.

—¡Pe-le-a! ¡Pe-le-a! ¡Pe-le-a! —los gritos ahora son ensordecedores.

—Deja a Joe en paz —grita Gary y sale de entre la multitud para pararse a mi lado—. Si peleas con Joe, pelearás conmigo también.

—No hay problema —dice Martín. Le hace un gesto a Damián y a Terence para que se encarguen de Gary.

—Tres contra uno me parece un poco injusto —dice Luis y camina hacia Gary y yo.

—Si peleas con ellos, pelearás conmigo también —grita José quien decidió enfrentar a Martín junto con nosotros.

—Si peleas con Joe y sus amigos, entonces pelearás conmigo también —agrega César.

—Nadie me empuja y se sale con la suya —dice Kiki, uniéndose a nosotros.

—Si Joe se va a enfrentar a un bully como tú, me parece un tipo buena onda —dice un chico llamado Vincent, uno de los futbolistas—. Si te metes con él, entonces también te meterás conmigo.

En poco tiempo, hay un grupo de más de veinte muchachos que se van a enfrentar a Martín. Estamos listos para mostrarle que no le tenemos miedo. Martín es quien ahora tiene miedo. Aunque individualmente sea más grande y más fuerte que nosotros, juntos, como estamos ahora, sabe que no podrá ganarnos.

—Ustedes están . . . están locos —tartamudea.

—No estamos locos —le digo—. Lo que pasa es que ya no te tenemos miedo.

—Pues . . . nosotros . . .nosotros tampoco les tenemos miedo —dice Martín tartamudeando un poco más.

—¿Nosotros? —le pregunto.

—Yo y mis amigos —empieza a decir pero se detiene cuando se da vuelta y ve que Damián y Terence se han marchado.

—¡Aléjense . . . aléjense de mí! —grita Martín. Por primera vez en su vida, Martín se enfrenta con algo más grande que él.

—Miren, se alejó corriendo —anuncia Kiki a la multitud.

Es exactamente lo que hace.

—Lo hicimos —grita Gary—. ¡Lo hicimos!

Sí, lo hicimos. Acabamos de hacer que el abusivo más grande de la escuela se alejara con la cola entre las patas. Fue exactamente como lo dijo el Abuelo Jessie. Un abusivo sólo molesta a las personas que cree no van a defenderse. Aquellas que considera más pequeñas y débiles, pero hoy no somos nada de débiles. Hoy somos fuertes. Hoy somos fuertes y valientes como una pandilla de gallos orgullosos.

—¡Viva el Gallo Joe! —empieza a gritar Gary.

—¡El Gallo Joe! ¡El Gallo Joe! ¡El Gallo Joe!

—¡Viva el Gallo Joe! —Luis y César gritan cuando me levantan a los hombros de Gary y me sacan triunfante de debajo las gradas de la cancha de fútbol.

—¡El Gallo Joe! ¡El Gallo Joe! ¡El Gallo Joe! —empieza a gritar la multitud como si fueran gallos orgullosos dándole la bienvenida a un nuevo día.

—¡VIVA EL GALLO JOE!

## CAPÍTULO 15

# EL MOMENTO DE LA VERDAD

—**A**llí está, Joe —dice Gary apuntando mientras caminamos entre los rediles de vacas y cerdos en la feria del condado.

Kiki frunce la nariz para evitar el olor de los pasteles de caca recién hechos por las vacas. Miro hacia arriba y veo un letrero blanco que lee FERIA DE ARTE en él.

"Ahora es el momento, Joe" me susurro y respiro profundamente. Éste es el momento de la verdad. ¿Daré el ancho como lo hizo mi abuelo hace tantos años?

—¿Estás nervioso, Joe? —pregunta Kiki.

—No —digo. Pero miento. ¡Estoy aterrado! ¿Qué si no gano un lugar? ¿Qué si no me gano ni un listón? ¿Qué si los jueces odian mi pintura tanto que ni la cuelgan? Kiki nota mi nerviosismo y me toma la mano. Gary me pone la mano derecha en el hombro izquierdo y me sonríe.

—Te preocupas por nada, Joe —me consuela—. Sé que ganaste. Yo creo en ti.

—Bueno —digo dudoso— vamos . . . vamos a ver.

—Aquí está la división de secundaria —dice Kiki.

Buscamos pero no encontramos mi pintura por ningún lado.

—¿Dónde está? —pregunta Gary.

—No sé —digo.

¿Dónde está? ¿Dónde estará mi pintura? ¿Será verdad que al verla decidieron que no era lo suficientemente buena para la feria del condado? ¿La habrán tirado a la basura? Se me ocurre todo tipo de cosas terribles.

—Tal vez alguien la confundió y la puso con las pinturas de otro grado —sugiere Kiki.

Revisamos en la sección de primaria, pero mi pintura tampoco está allí. Luego vamos a la sección de preparatoria y nada. ¿Dónde estará mi obra?

—Qué bueno que llegaste, Joe —dice alguien detrás de nosotros. Es la Sra. Dávila, nuestra maestra de arte—. Debes estar muy orgulloso de ti.

—¿Qué quiere decir con eso?

—¿Cómo que qué quiero decir? —pregunta la Sra. Dávila—. ¿Aún no has visto tu pintura?

—Ni siquiera la he podido encontrar. Ya la buscamos por todos lados.

La Sra. Dávila se empieza a reír.

—Aún no te has enterado, Joe, ¿verdad?

—¿Enterado de qué?

—Es cierto que tu pintura no está colgando con estas obras, Joe, pero es por una buena razón.

—No entiendo, Sra. Dávila —digo. Estoy bien confundido.

—¿Por qué no dan la vuelta y ven lo que está colgando solito al otro lado de la pared?

Rápidamente vamos al otro lado de la pared.

—Híjole —exclama Kiki contenta—. ¡Estoy tan orgullosa de ti, Joe!

—Te lo dije —dice Gary.

Por mi parte, estoy mudo. Al otro lado de la pared está la pintura del orgulloso gallo rojo mirando con desafío a cualquiera que se atreva a verlo. A su lado hay un listón azul y dorado inmenso con las palabras ¡**GRAN CAMPEÓN** impreso en letras mayúsculas negras!

## Otras obras de Xavier Garza

*Creepy Creatures and Other Cucuys*

*The Donkey Lady Fights La Llorona and Other Stories /
La Señora Asno se enfrenta a la Llorona y otros cuentos*

*Juan and the Chupacabras / Juan y el Chupacabras*

*Kid Cyclone Fights the Devil and Other Stories /
Kid Ciclón se enfrenta a El Diablo y otras historias*

*Zulema and the Witch Owl / Zulema y la Bruja Lechuza*

# ROOSTER JOE AND THE BULLY

# ROOSTER JOE AND THE BULLY

## XAVIER GARZA

PIÑATA
BOOKS

PIÑATA BOOKS
ARTE PÚBLICO PRESS
HOUSTON, TEXAS

*Rooster Joe and the Bully* is funded in part by grants from the City of Houston through the Houston Arts Alliance and the Texas Commission on the Arts. We are grateful for their support.

*Piñata Books are full of surprises!*

Piñata Books
An imprint of
Arte Público Press
University of Houston
4902 Gulf Fwy, Bldg 19, Rm 100
Houston, Texas 77204-2004

Illustrations by Xavier Garza
Cover design by Mora Des!gn

Library of Congress Cataloging-in-Publication Data available.

♾ The paper used in this publication meets the requirements of the American National Standard for Information Sciences—Permanence of Paper for Printed Library Materials, ANSI Z39.48-1984.

Printed in the United States of America
October 2016–November 2016
United Graphics, LLC, Mattoon, IL
10  9  8  7  6  5  4  3  2  1

# TABLE OF CONTENTS

# DEDICATION

This book is dedicated to San Antonio artist, Joe Lopez, and all of the Gallista Gallery art community.

## CHAPTER 1

# YOU SURE DO DRAW ROOSTERS GOOD, JOE

"You sure do draw roosters good, Joe," says my best friend Gary as he leans over from his chair and looks at the drawing I just finished in art class. It's a sketch of a rooster perched atop a barbed wire fence.

"It's just a sketch," I tell Gary.

"Pretty awesome sketch if you ask me, dude. Especially when you compare it to my drawing," he says showing me his sketch featuring a misshapen stick figure riding atop an exaggeratedly long skateboard.

"It's not that bad," I tell him.

"You're just saying that because I'm your best friend," he tells me smiling. "We both know I stink at drawing, big time!"

"Maybe if you practiced a little more."

"Not even if I carried a sketchpad with me everywhere like you do, Joe," says Gary making reference to the fact that I am always carrying a sketchpad tucked under my arm and a pencil in my back pocket. You just never know when a great idea will pop in your head, and

1

I want to be ready. "I'm just not talented like you are," he adds as he continues flipping through the rest of my drawings. "Roosters, roosters and more roosters. Why do you love to draw roosters so much, Joe?"

Good question. Why do I love roosters so much?

"I don't know. Maybe because the first thing I ever drew was a rooster."

"It was?"

"It happened in the back of my grandpa Jessie's house."

"The one that is a famous artist?"

I nod.

"He raises roosters in his backyard. One day I just started drawing one of them. It was a beautiful red rooster with shiny feathers."

"Does he raise roosters for fighting?" asks Gary.

"No way," I tell him. "Grandpa Jessie hates the fact that some people make roosters fight. He says that a rooster is a proud animal and should be treated with respect. That it is among the bravest animals in the whole world."

"How can a rooster be brave?" asks Gary looking somewhat confused.

"You know what? I asked Grandpa Jessie that very same question when he told me that."

"What did he tell you?"

"He answered my question with another question. He asked if I had ever seen a rooster run away from a fight."

"Had you?"

"Nope," I tell Gary. "A rooster will never run away from a fight, even when the animal they are being

threatened by is bigger than them. They will stand their ground and fight if necessary."

"Have you shown your drawings to Mrs. Dávila?" asks Gary, handing my sketchpad back to me. Mrs. Dávila is our brand new seventh-grade art teacher. She got hired after Mr. López retired last year. "If you haven't, you should."

"I'm not ready," I tell him.

"Not ready for what?" asks Mrs. Dávila overhearing us from her desk.

"Joe makes the coolest drawings of roosters," says Gary.

Mrs. Dávila stands up and walks over to our table.

"Can I see your drawings, Joe?" she asks me.

I open up my sketchpad and show her. "I still need to add more detail to some of them," I tell her nervously. I'm not used to showing my drawings to teachers.

"You draw very well, Joe," she tells me. "Keep practicing and one day you might truly grow up to become a great artist. Maybe even be better than your grandpa Jessie."

"You've heard of my grandfather?"

"Who hasn't?" she says smiling. "Everybody in San Antonio knows who he is."

It's true. Grandpa Jessie is a very famous artist. His paintings can be found on murals all around the city. Why, you can't go five blocks into downtown without running into some of his art work. Back when I was very little, people told stories of how the reason my grandfather was such a good artist was because he had been born with a paint brush in his hand. When I actually asked him

if that story was true, he laughed so loud that he sounded like a rooster crowing.

Mrs. Dávila's compliment really means a lot to me. No teacher has ever told me that I could grow up to become a great anything before, let alone compared me favorably to one of the greatest artists in San Antonio. Her words make me feel pretty darn proud of myself.

"These are some very beautiful pencil drawings, Joe," she tells me. "Have you ever painted?"

"You mean like with paint? No, I've never painted before in my life."

"If you want to try to, I can give you a canvas to work on," she tells me. "If you do a good job it might not be a bad idea for you to enter it into the county fair in a couple of weeks."

"The county fair? Isn't that where they have contests for like cows and pigs?"

"They also have an art show competition, Joe. If I remember correctly, that's where your grandfather won his first art contest back when he was in junior high."

"You have to do it," says Gary. "You have to enter that contest, Joe."

"Maybe," I tell him.

It would depend on how good my painting turns out. But what if I can't do it? What if my attempt at painting turns out to be a total disaster?

Mrs. Dávila leaves and comes back with a blank canvas and hands it to me.

"Why don't you sketch on it over the weekend?" she tells me. "I can start teaching you how to paint with oils next week."

Did she just say teach me to paint with oils, not tempera paint? Not that there is anything wrong with using tempera paint. I mean, it's okay. But it's the kind of paint used by little kids. It says so right on the bottle . . . "perfect for little kids." But not oil paint. Oh no, to paint with oils is to use what the real artists use. It's what my grandfather uses. I can't wait to get started!

"Maybe your grandfather Jessie can help you over the weekend," she tells me. "He is not just a great artist, you know. He is also a pretty good art teacher."

"I will ask him," I tell her as I stare at the blank canvas in front of me. It's so full of possibilities . . . I can't wait to get started!

## CHAPTER 2

# WHY ARE YOU RUNNING?

"**I**sn't that Luis?" asks Gary.

I turn and see a chubby, freckled sixth-grader running down the hall towards us. It *is* Luis, and he is running as if his life depended on it. What's he thinking? Running in the hallway is a surefire way to get in trouble in middle school.

"Luis, why are you running?" I scream at him as he bolts right past us.

Soon, we see the reason Luis is running. He is trying to get away from Martín Corona who is running after him. Martín is an eighth-grader who is the biggest bully in our school. He should be a ninth-grader, but he was held back in the sixth grade. He loves picking on those who are smaller than him, especially sixth- and seventh-graders. Gary and I watch as he catches up to Luis and pushes him hard against one of the school lockers.

BAM!

"I'm not going to ask you again!" yells Martín. He clutches his right hand into a fist and waves it in front of poor Luis who looks terrified.

"Give me the five dollars you owe," he demands.

"Yeah, give him his money," say Martín's friends Damián and Terence who are standing next to him.

We watch as Luis shakily reaches into one of his pockets and pulls out what I know has to be his lunch money for the week.

"This isn't right," I tell Gary before Luis hands over the money to Martín.

"Don't get involved, Joe. It's not our problem."

"But it's not right, Gary."

"Don't get involved," repeats Gary.

I know that Gary is right, but I can't help it. The anger at the injustice being played out in front of my eyes is more than I can stand.

"Leave him alone!" I cry out, much to my surprise.

"What are you doing, Joe?" asks Gary. "I told you to stay out of it."

It's too late for that now. I said it, and what's more, Martín heard it. There is no taking my words back. Getting Martín Corona mad at you is the last thing anybody should be doing.

"Who said that?" asks Martín as he lets go of Luis and turns his attention towards us.

"Did you say it?" Martín asks Gary first. "Are you sticking your nose where it doesn't belong?"

"I didn't say anything," says Gary, shaking his head.

"Did you say it?" Martín asks me next.

"What if I did?" I answer him. What am I doing? One look at Gary's face tells me that he is wondering the exact same thing. Martín is nearly twice my size.

"Look at the *big* hero," taunts Martín.

"Yeah, big hero," repeats Terence.

I am so scared to death right now. I don't want to fight Martín. I mean, who would? Plus, I've never been in a real fight in my whole life, just boxing classes at the Boys Club. Luckily for me, our school's vice principal, Mr. Salinas, shows up just in the nick of time.

"What's going on here, boys?"

"Nothing, Mr. Salinas," says Martín.

"Is there anything going on here, Joe?" asks Mr. Salinas.

"No, sir," I tell him. I know I should tell the vice principal the truth, but I'm no snitch.

"Are you sure?"

"Yes, sir."

"Then you all best be getting to class," he tells us.

All of us start walking together, but once Mr. Salinas is out of earshot Martín warns me that this is far from over.

"You stuck your nose in my business and cost me five bucks, Joe. I want my five dollars so cough them up."

"I don't have any money," I tell him.

"Well, you better get it," he warns me. "Plus, don't even think of running off crying to Mr. Salinas and reporting me. If you do that, I promise you that you will regret it." Martín shoves his index finger hard into my chest to make his point.

"Where am I supposed to get five dollars?" I ask him.

"That's your problem!" yells Martín, leaving.

"Are you okay?" asks Gary.

"I'm fine," I tell him as I try to hide the fact that my hands are shaking.

"What are you going to do?"

"I don't know."

"Are you going to pay him?"

"No way. I don't even have five dollars to begin with, so I couldn't pay Martín even if I wanted to."

"But if you don't pay up, he is going to want to fight you," says Gary.

"I know that." If that happens, I know I don't stand a chance against him.

"If you fight him I've got your back," says Gary.

He means it too. Gary and I have been best buds since the third grade.

"I know you do," I tell him. "But it's my problem, not yours. There's no need for you to get in trouble too, Gary."

"Hey, best buds forever, remember?" says Gary. "I made a promise."

He is making reference to a playground promise he made to me back in the third grade. One day, when Gary was making his way across the monkey bars, he lost his grip and landed hard on his right knee and started to cry. All the kids started laughing at him, but not me. I could tell Gary was in real pain, so I ran up to him and helped him get back up. I told him not to listen to the kids that were laughing at him, that I had his back. He smiled at me and got back on the monkey bars and tried again. He made it all the way across as I cheered him on. He then fist bumped me and declared that he and I would be best buds forever.

## CHAPTER 3

# WHAT ARE YOU GOING TO CALL IT?

"**H**as Martín come looking for you yet?" Gary asks me as he sits next to me in the cafeteria, holding a tray of cheesy enchiladas.

"Not yet," I tell him. "Maybe he didn't mean it."

"He sure sounded like he meant it," says Gary.

As much as I want to hope otherwise, I know that Gary is right. Back in elementary school, I would have known exactly what to do. I would have gone straight to the principal's office and reported Martín. That's what you are supposed to do, but things are different in middle school. To do that here is to get labeled as both a snitch and a chicken by your classmates, and that's the last thing any middle school kid wants to be labeled as.

"It's okay to be a little scared," says Gary.

"I'm not scared," I tell Gary. "I'm not afraid of Martín." I'm actually terrified, but I'm not about to admit that to Gary.

"This is me you're talking to," says Gary. "You don't have to pretend."

"Seriously, Gary, I'm not scared of him. Not one bit."
Yes, I am . . . I really, really am.

"Right," says Gary not buying it for a second.

After an awkward moment of silence, Gary figures
out that I don't want to talk about Martín anymore, so he
changes the subject.

"Have you thought about what you are going to paint
on that canvas Mrs. Dávila gave you?"

"I have an idea," I tell him. I open up my sketchpad
to a new drawing I doodled during history class. I know
I should have been listening to Mr. Muñoz lecture us
about the Civil War, but my mind was too preoccupied
with my impending confrontation with Martín Corona.
Drawing helped to relax me. The drawing shows a rooster with its chest puffed out, staring up defiantly.

"That looks awesome," says Gary. "What are you going
to call it when you are done?"

"Call it?"

"The painting, Joe. You know you got to give it a title
when it's done."

I hadn't thought about that. But Gary is right. The
painting will need a name.

"I will have to think about that one."

"Are you going to enter it in the county fair?"

"If I do a good job on it, I might."

"You will win grand champion for sure if you do,"
says Gary confidently.

"I don't know. I would be competing against high
school kids."

"You can do it. Didn't Mrs. Dávila tell you that you
are a great artist?"

"She said I could grow up to become a great artist, not that I was one already."

"You can do it," says Gary.

"Maybe, the county fair isn't for a couple of weeks. We'll see."

"Look, Joe," says Gary. "I want to talk to you about something else."

"What?"

"We have been friends for a long time, right?"

"Sure."

"Best friends in fact," he adds.

"What's going on?

"I want to give you something," says Gary. He reaches into his pocket and pulls out a five-dollar bill.

"No way," I tell him. I know what he wants to do, but I will not pay off Martín to leave me alone.

"Take it," he tells me. "Maybe if you pay Martín just this once he will leave you alone."

"No, Gary, I won't do it."

"Just keep the money, okay?" says Gary. "Just keep it in your pocket in case you need it. If you don't use it, you can just give it back to me at the end of day."

"No, Gary," I tell him. "It's not right."

"Please, Joe," insists Gary.

I've seen that look in Gary's face before. He isn't going to take no for an answer.

"Fine," I tell him. "I'll take it, but I'm letting you know right now that I'm not going to use it."

Not in a hundred years.

## CHAPTER 4

# YOU GOT MY MONEY?

"**W**here is your periodic table homework, Joe? It wasn't with your definitions."

Science definitions and periodic table . . . suffice it to say, doing homework yesterday evening had been anything but fun. Not that homework is ever supposed to be fun.

"I must have left in my other binder," I tell Mrs. Vela. "Can I go get it from my locker?"

"Sure," she tells me. "Take the hall pass with you."

"Do I have to?" I ask her. Mrs. Vela's hall pass is a lime-colored teddy bear with hearts for eyes. In elementary school, having a stuffed animal for a hall pass would have been cool, but not in middle school.

"You know the rules, Joe. If you need to leave my room during class time, Mr. Teddy goes with you."

Amid giggles and snickers from my classmates I walk up and pick up Mr. Teddy. Most boys would rather pee in their pants than run the risk of being seen in the hall with Mr. Teddy, but if I don't go and get my homework I will get a bad grade. Not wanting to be seen in the hall

with Mr. Teddy, I shove him under my shirt as soon as I step out the door. I quickly make my way to my locker and pull out my backpack.

"There you are," I say as I pull out the binder with my periodic table homework. I close my locker and start running back to class.

"Grab him," a voice screams out of nowhere. I feel two hands grab me and drag me into the boy's restroom.

"Where do you think you're going in such a hurry?" It's Martín's buddy, Damián.

"No running in the hall," adds Terence smirking.

"You got my money?" asks Martín as he steps out from inside one of the restroom stalls.

"Yeah, give him his money," says Damián.

"You cost me five dollars this morning, Joe," Martín reminds me. "I told you I would be coming to collect. So pay up or else."

"Or else what?" I ask, pretending not to be afraid.

"Can you believe the nerve of this kid?" says Martín laughing. Both Terence and Damián smirk and smile at each other.

"I want my money," demands Martín not laughing anymore.

"Leave . . . leave me alone," I stutter.

"Then give me my money."

"No."

"What did you just say?" asks Martín cupping his right ear with his hand. "I don't think I heard you right."

"I said no."

"Still being a hero, huh?" asks Martín. "Do you know what I do to heroes?" Martín swats the binder out of my

hands and pushes me hard against the wall. The impact momentarily knocks the breath out of me.

"Leave . . . leave me alone," I stammer, struggling to regain my breath.

"Give me my money and I will," says Martín. He has me pinned against the wall.

"No," I tell him.

"For crying out loud," says Martín. "Damián, check his pockets."

Damián reaches into my pockets and finds the five-dollar bill Gary gave me earlier. Martín rips it from Damián's hand and stuffs it in his own pocket.

"Now that wasn't so hard was it?" asks Martín.

If my eyes could burn a hole through Martín right now, they would. I want to lunge at him. I want to pin him against the wall and show him what it feels like to be bullied.

"Nice doing business with you," says Martín smiling. "Hey, is that Mr. Teddy?" He notices the stuffed teddy bear that fell out from under my shirt. Martín grabs Mr. Teddy from off the floor and takes him into one of the restroom stalls.

"Do it, do it," Terence and Damián begin to chant. Their chants are drowned out by the sound of a commode flushing.

"You can go now," says Martín as he steps out of the restroom stall. He stomps on my open binder on the floor and then kicks it towards me. He isn't holding Mr. Teddy anymore. What did he do with him? Flush him down the commode?

Still fuming, I start gathering the contents of my binder.

"Before I go," says Martín, "I will need another five dollars next week."

"What? But I already gave you what you wanted."

"That's just for this week," says Martín smiling. "You are going to pay me five dollars every week."

"Why?"

"Because if you don't, something bad will happen to you."

"Really bad," adds Terence.

This can't be happening. This is not right. Just because Martín is bigger than me, he thinks he can get away with bullying me?

"No," I tell Martín. "I won't do it." I throw my binder on the floor and raise my fists to assume a boxing stance.

Martín laughs at me.

"Look at that," says Martín grinning as he raises his fists to both mimic and mock me. "The big hero still wants to fight."

"Hey, that Luis kid is coming down the hall," Terence says suddenly.

"You're just lucky I got other business to take care of Joe," says Martín grinning as he lowers his fists. "But have my five dollars ready by next week if you know what's good for you."

All three of them leave the bathroom to go after Luis. I look down at my papers scattered across the restroom floor. There is now a great big shoe print on my periodic table homework. I walk into the restroom stall and see Mr. Teddy floating in the center of a now overflowed commode. I clench my fists in anger.

## CHAPTER 5

# WHAT DO YOU MEAN IT ISN'T OVER?

"**W**hat do you mean it isn't over?" asks Gary. "Martín wants another five dollars next week?"

"That's what he said."

"Unbelievable!" screams Gary as we walk home from the bus stop. "Why didn't you tell Mr. Salinas he jumped you in the restroom?"

"Because I'm not a snitch."

"But, Joe, he asked you point blank if it had been Martín, and you told him no."

"I'm not a snitch," I repeat.

"But you lied to him. You lied to the vice principal. You have to go back and tell him the truth."

"I'll deal with it, okay?"

"But . . ."

"I said I will deal with it."

"You don't have to go to the office alone. I will go with you if you want me to."

"No."

"You can tell everybody that it was me that told on Martín."

"No."

"If you don't report him, then I will."

"No, you won't," I tell him angrily. "I WILL DEAL WITH IT!" My voice comes out louder than I meant it to, but it makes it abundantly clear to Gary that I don't want to discuss this any further. Besides, it's the weekend. I have time to figure out what to do next.

"What happened to you isn't right, Joe," says Gary shaking his head.

I know that he is right. That I should go to the office and tell them that it was Martín and his buddies that jumped me. I should tell them everything. But if I do that, I will be labeled a snitch, or even worse . . . a chicken. That is a label that no middle school kid wants.

"So are you going to the football game tonight?" asks Gary after a long silence.

"Yes, my cousin Lupita will be volunteering at the ticket booth, and I told her I would go help her."

"So your cousin Lupita is going to be at the game?"

"Yes, why?"

"Just asking," says Gary fiddling with his shirt collar. He has a huge silly grin on his face. So Gary has a crush on my cousin Lupita?

"She doesn't have a boyfriend anymore, right?" asks Gary grinning.

"No, she doesn't, but she's in eighth grade," I remind him.

"Only because she is so smart that she skipped a whole grade in elementary school."

"That's true, but she is still an eighth-grader."

"So?" asks Gary. "What does that have to do with anything?"

"What are the chances of an eighth-grade girl wanting to have a seventh-grader for a boyfriend?"

Gary might not like it, but there are rules in middle school and what he is suggesting is just plain taboo. A seventh-grade boy has a snowball's chance in hell of getting an eighth-grader to be his girlfriend.

"It could happen," says Gary. "Plus I'm pretty smooth when it comes to the ladies."

"You are?" I ask him. I'm not trying to be mean or anything, but it's just that I don't want to see him get hurt and disappointed when my cousin Lupita shoots him down, which I know she will.

"I guess anything is possible," I tell him.

## CHAPTER 6

# MAKE MINE TRIPLE JALAPEÑOS

"It's such a wonderful pleasure to see you," says Gary to my cousin Lupita.

It takes most of my will power to keep me from laughing at the fact that Gary is intentionally making his voice sound deeper. Plus, where did he get that opening line from? It's such a wonderful pleasure to see you? Whatever happened to just saying hi?

"Hi, Gary," says Lupita smiling back at him.

I can tell that she knows Gary likes her, and she probably even thinks it's cute. But poor Gary, he has no chance of getting her to take him seriously.

"Are you keeping my cousin Joe out of trouble?"

"It's a hard job," says Gary sighing. "But somebody has to do it."

Oh brother, if this is Gary being smooth with the ladies then he is truly doomed. He might as well just give it up and become a monk. After a few moments it becomes apparent that Lupita doesn't really need my help and that Gary has no plans to leave my cousin's side anytime soon.

"I'll be at the concession stand," I tell them.

As I walk away, I turn back and look at Gary and Lupita. I have no idea what he is saying to her, but it's making my cousin laugh. Hmm, maybe Gary does know a thing or two about sweet-talking the ladies after all.

"Nachos with triple jalapeños, please," I tell the lady at the concession stand.

"I'll have the same," says a voice behind me. "But make mine quadruple jalapeños."

I turn and see a pretty girl with wavy brown hair who is wearing a black leather jacket with a heavy metal band's logo on it. She looks familiar to me. Do I know her?

"Hi, Joe," she tells me smiling.

So she knows my name? So then I do know her, but from where? We stand there for a moment staring at each other awkwardly. I know she is waiting for me to say something back to her, but what's her name? I still don't recognize her, and I need to say something.

"Long time no see," I tell her finally.

"Sure has been."

Rats . . . her answer doesn't even give me the slightest hint as to who she is.

"So, where have you been?"

"Chicago."

Okay, so who do I know from Chicago? My mind is drawing a blank.

"Your nachos are getting cold, Romeo," says the concession stand lady, reminding me that my order has been ready for a few minutes.

"Well . . . I got to go," says the mystery girl as she grabs her own order of nachos.

She's leaving and I still haven't figured out who she is.

"I guess I will see you at school on Monday, right?"

"Sure," I tell her.

Does she go to my school? Is she in one of my classes? Who is she??!!

"I did it!" cries out Gary as he comes running up from behind both of us.

"You did what?"

"I got her number," he cries out.

"My cousin gave you her phone number?"

I have to admit it, I'm impressed!

"Hi," says Gary when he notices the girl I am talking too. "Long time no see!"

"It's good to see you too, Gary," she tells him.

So Gary knows her too? Who is this girl?

"I guess I'll see both of you on Monday, right?"

"For sure," says Gary.

As she walks away I grab Gary by the shirt collar and yank him towards me. "Who is she?"

"What? You don't recognize her?"

"That's why I'm asking."

"But you were talking to her. Are you saying you spent all that time talking to her and didn't recognize her from fourth grade?"

"Fourth grade? She was in Mrs. Baldwin's class?"

"Are you trying to tell me you don't recognize Metal Mouth Kiki?"

"Metal Mouth Kiki?" I ask him. "You mean the girl with the really big braces in Mrs. Baldwin's class?"

"Yes," says Gary.

"But she looks so, different."

"Yeah. She sure looks pretty without the braces she used to wear. Why, are you sweet on her, Joe?"

"No," I tell Gary.

The smile on Gary's face tells me that he isn't buying it.

"You *are* sweet on her aren't you?"

"I'm . . . interested," I tell Gary.

"Well, then what are you waiting for? Go after her, Joe."

"Are you my wing man?" I ask Gary.

"You know it, Joe. Best buds forever."

## CHAPTER 7

# JOE CAN DRAW ANYTHING

"**H**ello again, Kiki," I tell her when Gary and I find her sitting near the top of the bleachers.

"So Gary told you my name?"

"You noticed, huh?"

"It was pretty obvious you didn't remember me, Joe," she says smiling.

"Don't be too hard on him," says Gary. "Joe may be the best artist in the world, but he has a horrible memory."

"So you're an artist?" asks Kiki. "Is that why you are carrying a sketchpad with you all the time?"

"Joe carries his sketchpad everywhere," says Gary. "He also carries pencils in his back pocket. He's the best artist ever. He can draw anything."

"Can he draw me?" asks Kiki.

"Sure he can," declares Gary beaming with confidence.

"What?" I begin to say in protest, but Gary is on a roll. There is no stopping him now.

"Joe can draw anybody," he assures her.

What is Gary getting me into? I'm not sure I can draw Kiki. It isn't like I go around doing portraits of people

every day, you know. But there is no going back now. All I can do now is take a deep breath and hope that my drawing skills are up to the test. I open my sketchpad to a blank page, pull out a pencil from my back pocket and get to work.

I first capture the shape of her face, an oval shape that narrows at the bottom. I draw a vertical line down the center of what will be her face and then make a horizontal line to mark where her eyes will go. I then mark where the nose and mouth are to be placed. Near the middle of the horizontal line, I draw two almond shapes for her eyes. As I slowly begin to flesh out the detail of her face, I find myself noticing just how pretty Kiki's brown eyes are.

"I'm almost done with it," I tell her.

"Let me see it," says Kiki.

"It's not ready yet," I tell her.

"You're going to love it," says Gary as he peeks over my shoulder.

"You better not make me look ugly," she warns me.

"Never," I tell her.

"Let me see it."

"*Tada,*" I tell her as I flip my sketch over and show her my drawing. The smile on her face says it all. She loves it!

"Gary is right about you, Joe. You really are a great artist."

"It helps when I have a really great subject," I tell her. "You are the prettiest person I have ever drawn."

Wow, where did that remark come from? It doesn't matter, it makes Kiki both blush and smile at me. Gary, who is standing behind her, is giving me two thumbs up.

## CHAPTER 8

# MARTÍN CORONA CRASHES
# THE PARTY

"It's a really good drawing," says Kiki looking over my sketchpad as we take a shortcut under the bleachers on our way back to the concession stand to get more nachos. My cousin Lupita showed up at the bleachers, and Gary decided to stay with her.

"You can keep it," I tell her.

"Really," she says. "You mean it?"

"Absolutely."

Much to my surprise, Kiki leans over and kisses me on the cheek.

"Thanks for giving it to me."

"You're . . . you're welcome," I tell her.

"You need to sign it," she tells me. "All great artists sign their work, right?"

I smile and sign the drawing . . . *With love, Joe López.* I rip it out of my sketchpad and hand it over to her. As she reaches for it, our fingers touch and I am suddenly tempted to hold her hand. Do I dare? What if she gets mad? But what if she doesn't?

"Well, isn't that sweet?" says a voice behind us. We turn and see Martín Corona with Terence and Damián standing behind us. "You didn't tell me you had a pretty girlfriend, Joe," he says sarcastically.

"Leave us alone," I tell him.

"Still trying to be a hero?" he asks me as he walks towards us. "Didn't you learn your lesson in the bathroom?"

"It's not worth it, Joe," says Kiki. "Let's just go."

"Go?" questions Martín, putting his hand on my chest. "Joe here isn't going anywhere. He and I have some unfinished business."

"I got no business with you, Martín."

"Oh, but you do," he assures me. "Those five dollars you owe me for next week, I'm going to need to collect them early. Terence and Damián are running a little short on cash, so you're going to have to help them out."

"Yeah, help us out, Joe," they both say at the same time. "Be a buddy."

"I'm not giving you anything," I tell them.

"Sure you are," says Martín. "I would hate to have to embarrass you in front of your pretty little girlfriend."

"No," I tell him. "I am not giving you anymore money, Martín."

"I have an idea," says Martín. "If you're running a little low on funds yourself, Joe, maybe your pretty little girlfriend can lend you five dollars, huh?"

"Leave her out of this."

"What do you say girlfriend?" asks Martín as he takes two steps towards Kiki. "Can you spot your boyfriend here five bucks?"

"I said leave her alone!" I push him away from Kiki. I'm not about to let him touch her. But Martín pushes me back so hard that he knocks me down to the ground. He places his foot on my chest pinning me down.

"Stay down if you know what's good for you, hero," he warns me.

I'm so mad at Martín right now that I want to rip his head right off his shoulders! But he is too big. I don't stand a chance against him, especially with his buddies hanging around like a pair of laughing hyenas. Some of the students at the football game hear the commotion under the bleachers and come running.

"Fight, fight, fight," they begin to chant.

"I will ask your girlfriend one more time," says Martín with his right foot still firmly planted squarely on my chest. He glares at Kiki. "Can you land your boyfriend some money?"

"Leave him alone," screams Kiki. She lunges at Martín and pushes him off me.

"Well, it looks like your girlfriend thinks she's a hero, too," says Martín. "Guess I will have to show her what happens to heroes."

"Stay away from me!" screams Kiki.

I look around hoping that somebody will jump in and stop Martín, but everybody is just standing there watching. What is wrong with these people? Is everybody in the world scared of Martín, too? I have to do something to stop him, but what? That's when I see my opening. With his attention turned to Kiki, Martín has forgotten all about me. So have Damián and Terence. I jump back up to my feet and lunge at Martín's waist hoping to pull him down to the ground and get in a few punches before

his buddies jump in. I'll be dead meat after that, but at the very least I will get in a punch or two. But when I grab at his waist, I accidently pull his loose fitting pants all the way down to his ankles! I look up and see Martín standing in his underwear. Did I just do what I think I just did? Did I just depant Martín Corona? Did I just depant the biggest bully in school? The shocked look on his face is priceless!

"I'm going to kill you!" he screams as he tries to pick up his pants. He ends up tripping on his own two feet and falling down to the ground.

SPLATT!

Martín's face hits the pavement hard and he busts his lip. I know that I should be scared right now, but the sight of Martín lying on the ground in his tighty whites with his pants all the way down to his ankles is just too much for me to take. I burst out laughing! Kiki is laughing, the crowd that has gathered is laughing, too. Even Martín's own friends Terence and Damián can't help but snicker. Martín looks as if he is about to cry from the embarrassment!

"You are dead meat, Joe!" he screams at me after he rises to his feet and finishes picking up his pants. Before he can make good on his threat, he sees two teachers and a security guard making their way towards us.

"You are dead meat, do you hear me?" he screams at me as he and his buddies take off running.

There may be a price to pay at school come Monday morning, but at this very moment I don't really care. I stood up to Martín Corona, and that is something to be proud of.

## CHAPTER 9

# I WILL TEACH YOU HOW TO USE THAT BRUSH

"**C**an you come and help me hang this painting, Joe?" asks Grandpa Jessie.

"Sure thing, Grandpa," I tell him. I lean my canvas against the wall and walk over to help him. The painting depicts men and women pulling on a massive metal chain as if engaged in a tug-of-war against an invisible foe. The strain on every individual's muscle is drawn with the attention to detail that has become my grandfather's trademark.

"What are you going to call it, Grandpa?"

"*La Lucha.*"

"That's Spanish for the struggle, right?"

Grandpa Jessie nods.

"Who are they struggling against?"

"Well that would depend on each individual, Joe," says Grandpa Jessie. "Each individual in life has to face their own personal struggles . . . their own *lucha.* They could be struggling to make ends meet and support their families. They could be struggling to make a better life

for themselves through education. They could be struggling against laws that treat them unfairly. They could be
struggling for a chance to become citizens of this coun-
try and thus earn a piece of the American Dream. Whatever their own invidual struggle is, they are all fighting
the good fight . . . *la buena lucha.*"

"Fighting, you mean like in a fistfight?" My thoughts
immediately turn to Martín. I don't much relish the idea
of having to get into a fistfight with him come Monday
at school.

"Sometimes it does come to that," says Grandpa
Jessie. "But it doesn't always have to. Change doesn't
have to come from a fist. In fact, the type of change that
tends to endure the longest is the one that comes from
changing the way people think."

"Change the way that people think?" I ask. "But how
can you do that?"

"It isn't easy. In fact, that is the hardest thing for
many people to do. People can be pretty stubborn and
set in their ways. They tend to fear change, even when
that change is badly needed."

"But how can anybody bring about change?"

"All it takes is one person, Joe," says Grandpa Jessie.

"One person?" I ask him. "But what can one person
possibly do?"

"You would think not much, but you would be wrong.
Just one person can inspire. Just one person can moti-
vate and unite. Just one person can give others the
strength to take a stand, and be the voice that will inspire
them to join in his or her cause. Then together, these
people can move mountains."

"Move mountains, but what if that mountain is too big?" I ask him. I'm still thinking about Martín. "What if it doesn't want to move?"

"*El pueblo unido jamás será vencido,*" exclaims Grandpa Jessie. "That's Spanish for 'the people united will never be defeated.' Even the tallest mountain will crumble when the people stand united against it."

It turns out Grandpa Jessie is not just a great artist, but also a pretty smart guy, too.

"This is a very good drawing you got here," says Grandpa Jessie after we finish hanging his painting. "You're drawing technique is excellent for your age. If you keep this up, one day you will be a better artist than me."

"Better than you?" I ask. "But you're the best."

"No matter how good a person is, Joe, there will always be somebody better."

"It's a project for my art class with Mrs. Dávila," I tell him. "She wants me to enter it in the county fair."

"Mrs. Dávila? That wouldn't happen to be Carla Dávila, would it?"

"I think that's what her first name is," I tell him.

"Back when she was a kid, she used to be one of my students."

"She was?"

How about that? When she had mentioned my grandfather, I had assumed it had been only because he is so famous, not that she had actually studied under him.

"When are you going to start painting it?"

"I don't have any oil paints at home," I tell him. "So I guess I'll have to wait till Monday at school to get started."

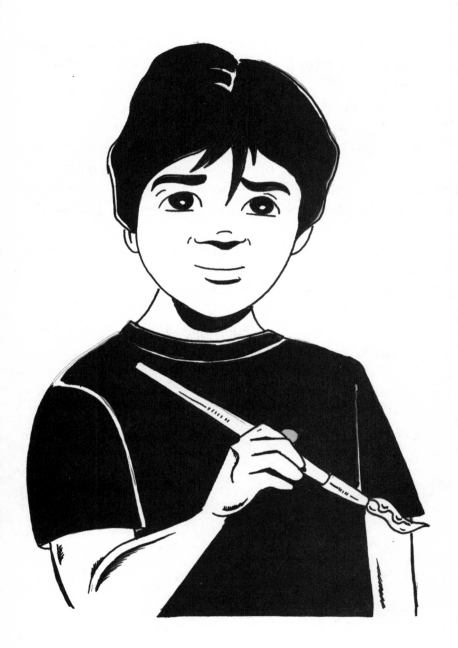

"Why wait?" asks Grandpa Jessie. He walks over to a cabinet in his studio and pulls out a box full of oil paints and brushes.

"I've never painted with oils before."

"Then it's a good thing I'm here to teach you," he says as he hands me a handful of brushes. One is a medium size with a rounded tip. The second is much larger with a flat tip and the third is shaped like a fan. The fourth and fifth are much smaller than the rest and have tiny bristles.

"How do I start?" I don't even know which brush I'm supposed to use first.

"Just pick a brush," he tells me.

"But which one?" I ask him.

"It doesn't matter which one, Joe. Whatever brush you pick, I will teach you how to master it."

## CHAPTER 10

# ENOUGH

"You did a great job on that painting yesterday, Joe," says Grandpa Jessie over breakfast. "You took to those oil paints like a natural."

"If I did, it's only because I had a great teacher, Grandpa," I tell him as I look at my finished oil painting hanging on his wall.

I still can't believe that I did an actual oil painting. The painting looks even better than the drawing. I never would have thought myself capable of it, but I did it. In my head, I captured the image of a proud red rooster staring defiantly at its viewers and transferred it onto a canvas.

"You should be very proud of yourself, Joe. You know, if you want, I can work more with you next weekend."

"That would be so awesome."

"I bet your teacher will be impressed when you go back to school on Monday."

"Yeah," I say, taking a deep breath. I had almost forgotten about going back to school tomorrow. I'm sure

Martín Corona will be waiting for me, and I still don't know how I am going to deal with him.

"You okay, Joe?" Grandpa Jessie asks me when he notices how quiet I became.

"I'm fine, Grandpa," I tell him, but I can't fool him.

"C'mon, Joe, what's going on?"

"Have you ever had to do something you were afraid to do, Grandpa?"

"What do you mean?"

"Like . . . deal with a bully?"

"Is something going on at school?"

"See, there's this kid named Martín. He bullies smaller kids at school."

"You know that a bully is just a coward at heart, right?"

"What do you mean?"

"A bully will only pick on those it believes won't fight back. Have you ever seen this Martín pick on anybody bigger than him?"

"No, I haven't," I tell Grandpa Jessie. Martín makes sure to stay away from bullying any of the eighth-graders, especially the football players or other athletes.

"That's because deep inside he is a coward, Joe. He will only pick on those he knows he can bully, but if one day they stand up to him, I bet he wouldn't know what to do."

"How do you know this, Grandpa?" I ask him. Seriously, I want to know. How does my grandfather know all these things?

"History is full of those who were at first perceived as being small and weak, but bravely stood up to those who

were bigger than them. They not only stood up to them, but actually beat them."

"Like who?"

"There are so many, Joe," he tells me. "César Chávez is a fine example. He stood up to some very rich and powerful people to fight for better wages and working conditions for the field workers that pick our crops, and he actually beat them. He forced them to change the way they treated their workers. Another great example is a woman from San Antonio named Emma Tenayuka who fought to get better wages for workers. They all went up against people with money who felt they could treat workers any way they wanted to because of the power they had. César Chávez and Emma Tenayuka both became inspirations that motivated countless of people to stand up and say 'No More' to the abuses they were facing."

"That's amazing, Grandpa."

"Yes it is, Joe, but as incredible as these two people were I want you to remember one thing."

"What is it, Grandpa?"

"That it all started with just one person. That's what it took. It took just one ordinary person with enough courage to finally stand up and say . . . enough."

Have I had enough? Have I had enough of Martín Corona bullying me to do something about it? I think I have . . . and I wonder if others have had enough, too.

## CHAPTER 11

# MONDAY MORNING

"I still can't believe you did it," says Gary. "I'm so sorry I missed it!"

"It wasn't a big deal," I tell Gary.

"Not a big deal? Everybody is talking about it."

"Talking about what?" I ask him.

"What do you mean about what? You know perfectly well that they are all talking about how you beat up Martín Corona at the football game."

"I didn't beat up Martín. Who is saying I beat him up?"

"Everybody is," says Gary.

"But I didn't beat up Martín."

"But you pantsed him."

"By accident. It isn't like I was trying to."

"So? You still pantsed Martín Corona. You embarrassed him in front of everybody!"

"I was trying to protect Kiki."

Pulling his pants down was the last thing on my mind. Truth be told, if that hadn't happened, Martín

would have pummeled me. He might still beat me up before the day is over.

"Hi, Joe," says a girl named Julie. She is one of the most popular girls in the seventh grade.

"Hi," I tell her.

Did Julie just say hi to me? In the three years I have known her she has never even acknowledged I exist. But now all of a sudden she is saying hi to me in the hallway?

"Did you see that?" asks Gary. "Julie just said hi to you, Joe."

My weekend heroics may have made me an instant hero at school, but that doesn't change the fact that there will be a price to pay for me humiliating Martín. Sooner or later he will come looking for me. We are both on a collision course, and I know it.

## CHAPTER 12

# I LIKE IT

"Rooster Joe," says Gary as he looks over the painting I worked on this weekend with my grandfather. "You should call it 'Rooster Joe'."

"I like that title," says Kiki.

"Why 'Rooster Joe'?" I ask him.

Don't get me wrong, I like the title. But I'm curious as to why Gary would call it that.

"Why not?" asks Gary. "The rooster in the painting is a lot like you, Joe," says Gary.

"Like me?" I look at the oil painting of the red rooster staring defiantly from the canvas.

"Look at his eyes," says Gary. "Whatever it's staring up at is something bigger than him, but he isn't afraid of it, is he? He's being brave just like you were when you went up against Martín. In a way, you are that rooster, Joe . . . you are Rooster Joe."

"I think you were very brave, too," says Kiki. "Not that I couldn't handle Martín by myself. But it was still nice to have a protector around."

"Rooster Joe," I say to myself, staring at my painting. "I like it Gary. I think I will take your advice and use it."

"Can I talk to you, Joe?" we hear a voice ask. We turn to see Luis standing in front of us. "I heard that you stood up to Martín. Are you going to do it again?"

"I might have to," I tell him.

I don't want to, but at this point it doesn't seem like I might have much choice in the matter.

"If you are, then I want to be with you," he tells me.

"Why?" I ask him.

"Because I need to stand up to him, too," he tells me. "I'm tired of being bullied by Martín. If you are brave enough to stand up to Martín, then maybe I can be brave, too."

"You know you can also count on me," says Gary. "So that's three of us."

"Four," corrects Kiki. "Just because I'm a girl doesn't mean I'm afraid of Martín."

"Thanks, guys." The idea of us banded together against Martín makes me wonder. Maybe there are others who are sick and tired of Martín bullying them around. "Who else has Martín been bullying?"

"José Jiménez and César Martínez," says Luis.

"César from art class?" asks Gary.

"Yes," says Luis.

"I'll talk to César," I tell Luis. "But give this to José." I quickly scribble a message on a note. "Make sure he reads it."

"What's going on?" asks Gary.

"My grandpa Jessie told me something this past weekend, and it's given me an idea."

"What are you up to, Joe?" asks Kiki.

"I have a plan, Kiki. I have a plan to take care of Martín Corona once and for all."

# CHAPTER 13

# A PEOPLE UNITED

"I know you're scared," I tell José at the cafeteria during lunch. "But we have to stand up to Martín if he is ever going to leave us alone."

"That's easier said than done," he says.

"I know the idea of standing up to Martín is scary," I tell him. "But do you really want to spend the rest of the school year being afraid of him?" José shakes his head. "You won't be alone. We're all standing up to him."

"Who is 'we'?" he asks.

"We are," says Gary as he shows up with Luis, Kiki and César. "We are going to stand up to Martín Corona."

"The five of you?" asks José.

"Six, if you will join us," I tell him.

"I'm not sure, what if it doesn't work? What do we do then?"

"It will work," I assure him.

"But how can you be so sure, Joe?"

"Because one of the smartest persons in the world told me this past weekend that a bully is a coward at

heart. Martín only picks on those whom he believes won't fight back."

"But he is so big," says José.

"Not as big as all of us put together," I tell him. "If we stand united against him, there is no way he can beat us."

"Joe's right," says César. "We can't keep running away from Martín. I'm scared too, but I'm more scared of having Martín picking on me for the rest of the school year. We have to stand up to him."

José nervously takes a deep breath. "I'll think about it," he tells me.

"It's going to work," I assure him. "Trust me, Martín won't know what hit him."

"So now what?" asks Kiki.

"Now we wait for Martín to make his move."

It turns out we don't have to wait too long. A kid passes by and drops off a note at our table. It's from Martín.

"What does it say?" asks César.

"It says for me to meet him after school under the football bleachers. That if I don't show up, he will come looking for me."

It's time to make a stand.

## CHAPTER 14

# ALL HAIL, ROOSTER JOE!

"**A**re you nervous, Joe?" asks Gary as we make our way to the football field.

"A little," I tell him. But I can't back out now. If I do, everybody will think that I'm a chicken. I see a crowd of kids that has begun to gather by the bleachers. Word sure got out quick that Martín and I were going to square off again under the football bleachers. Martín and his buddies are already there waiting for me.

"So the big hero is finally here," says Martín sarcastically.

"I'm not afraid of you," I tell him.

"You should be afraid of me," he warns. "Because I'm going to bust you up so bad your own mother won't recognize you."

"Really bad," adds Damián with a chuckle.

My grandfather said that one person can make a difference, and I guess I'm going to find out if that person is going to be me.

"I am not afraid of you, Martín," I tell him. "And nobody else should be afraid of you either. You're a cow-

ard, that's why you only pick on those you think you can push around. But you are not going to push me around anymore."

That's when I see it, a moment of hesitation in Martín's face. More kids have now gathered under the bleachers. They are all eager to see a fight.

"Fight, fight, fight," they begin to chant softly.

"I will give you one chance to run away like the big chicken that I know you are," says Martín.

He is giving me a chance to run away? Is he looking for a way out?

"Fight, fight, fight," the chants grow louder.

Martín just stares at me as if he isn't sure what to do next. I puff out my chest like a rooster would and raise my fists to assume a fighting stance. Martín starts walking towards me.

"Bring it, Martín," I yell at him. "I'm ready for you."

"Fight! Fight! Fight!" The chants are now deafening.

"Leave Joe alone!" cries out Gary as he comes out from the crowd and stands alongside me. "You fight Joe, you fight me too."

"No problem," says Martín. He gestures for Damián and Terence to take care of Gary.

"Three against two, it hardly seems fair," says Luis as he walks over and stands next to Gary and me.

"You fight them, you fight me too," cries out José. He has made the choice to stand with us against Martín.

"If you fight with Joe and his friends, then you have to fight me too," adds César.

"Nobody pushes me and gets away with it," says Kiki joining us.

"If Joe is going to stand up to a bully like you, then he's okay in my book," says a boy named Vincent who is part of the football team. "You mess with him, then you're going to have to deal with me too."

Before long there is a crowd of over twenty kids ready to stand up to Martín. We're all ready to show him that we are not afraid of him. Martín is the one who is scared now. He may be bigger and stronger than us individually, but together, the way we all are right now, he knows he doesn't stand a chance against us.

"You . . . you guys are crazy," he says.

"We are not crazy," I tell him. "What we are is not scared of you anymore."

"Well . . . we . . . we . . . we aren't scared of you either," says Martín stuttering.

"Who is we?" I ask him.

"Me and my friends," he begins to say but stops when he turns and sees that Damián and Terence are gone.

"Get away . . . get away from me," says Martín. For the first time in his life, Martín is being confronted by something that is bigger than him.

"Look, he's running away," yells Kiki.

He most certainly is.

"We did it, Joe," cries out Gary. "We did it!"

Yes, we did. We just made the biggest bully in school run away with his tail between his legs. It was just like Grandpa Jessie said. A bully will only pick on those whom he thinks won't fight back. Those that he thinks are weak, but today we had been anything but weak. Today we had been strong. Today we had been brave. Today we had been as strong and as brave as a pack of proud roosters.

"All hail, Rooster Joe!" Gary begins to chant.

"Rooster Joe! Rooster Joe! Rooster Joe!"

"Long live, Rooster Joe!" cry out Luis and César as they hoist me atop Gary's shoulders and parade me triumphantly from under the football bleachers.

"Rooster Joe! Rooster Joe! Rooster Joe!" the crowd begins to chant as if they were all proud roosters heralding the arrival of a new day.

"LONG LIVE, ROOSTER JOE!"

## CHAPTER 15

# THE MOMENT OF TRUTH

"There it is, Joe," says Gary as we make our way past the pens holding cows and the pigs at the county fair. Kiki pinches her nose to avoid the smell of some freshly laid cow patties. I look up and see the hanging white banner with the words ART FAIR on it.

"This is it, Joe," I whisper to myself as I take a deep breath. This is the moment of truth. Was I going to rise to the occasion like my grandfather did so many years ago?

"Are you nervous, Joe?" asks Kiki.

"No," I tell her. But that's a blatant lie. I am terrified to death! What if I don't even place? What if I don't even get a single ribbon? What if the judges hated my painting so much they refused to even hang it? Kiki, sensing my nervousness, holds my hand. Gary places his right hand on my left shoulder and smiles at me.

"You're worried about nothing, Joe," he tells me. "I know you won. I believe in you, Joe."

"Well," I say hesitantly. "Let's . . . let's go look."

"Here is the junior high division," says Kiki. We look around but my painting is nowhere to be found.

"Where is it?" asks Gary.

"I don't know," I tell him.

Where is it? Where is my painting? Did they really take one look at it and decide it wasn't good enough to be featured in the county fair? Did they throw it out with the garbage? All the possible worst-case scenarios are running through my head right now.

"Maybe they got confused and put your painting in the wrong grade level," suggests Kiki.

We look around the elementary grades section, but my painting is not there. We then go look at the high school grade level, but my painting isn't there either. Where is my work?

"Glad you made it, Joe," I hear a voice behind us. It's Mrs. Dávila. "You must be very proud of yourself."

"What do you mean?" I ask her.

"What do I mean?" says Mrs. Dávila. "Haven't you seen your painting yet?"

"I can't even find it," I tell her. "We looked everywhere."

Mrs. Dávila starts laughing at me.

"You really don't know yet do you, Joe?"

"Know what?" I ask her.

"It's true that your painting isn't hanging with any of these works, Joe, but it's for a very good reason."

"I don't understand, Mrs. Dávila," I tell her. I feel very confused right now.

"Why don't you and your friends go around the corner and look at what's hanging by itself on the other side of the wall?" We quickly make our way to the other side.

"Wow," says Kiki. "I'm so proud of you, Joe!"

"I told you so," says Gary.

I am truly speechless. Hanging on the wall all by itself is my painting of a proud red rooster staring defiantly at all who dare look upon him. Next to it is a huge blue and gold ribbon with the words **GRAND CHAMPION** printed on it!

## Also by Xavier Garza

*Creepy Creatures and Other Cucuys*

*The Donkey Lady Fights La Llorona and Other Stories /
La Señora Asno se enfrenta a la Llorona y otros cuentos*

*Juan and the Chupacabras / Juan y el Chupacabras*

*Kid Cyclone Fights the Devil and Other Stories /
Kid Ciclón se enfrenta a El Diablo y otras historias*

*Zulema and the Witch Owl / Zulema y la Bruja Lechuza*